옷 안에 사는 여자

옷 안에 사는 여자

천이즈 陳義芝 시 선집

김태성 옮김

에디터 editor

사랑하는 한국 독자 여러분, 저는 열아홉 살 때부터 시를 쓰기 시작했고, 제 시는 그 뒤로 40여 년 동안의 제 삶을 그대로 보여주고 있습니다. 문학의 가장 신비한 점은 작가가 어떤 사람인지 알 필요가 없다는 것입니다. 작품만으로도 작가의 생존 환경과 생명현상을 충분히 이해할 수 있고, 작품 속으로 들어가 작가와 친구가 될 수도 있지요. 제가 추구하는 문학은 삶과 글이 다르지 않은, 적어도 제 문학이 제 삶을 정확히 대변해 줄 수 있는 그런 문학입니다.

이 시집의 역자인 김태성 선생은 원래 저와 잘 아는 사이가 아니었습니다. 여러 해 전에 그가 처음 제 시를 한국어로 번역했을 때만 해도 순전히 우연에 의한 작품과 독자의 만남이었을 겁니다. 정말 신기하게도 시심詩心의 공명 속에서 어쩌다 저의 영혼과 마주쳤을 테지요. 그러다가 2015년 봄에 그가 서울에서 제게 전화를 걸어 왔습니다. 여덟 권이나 되는 제 시집에서 자신이 좋아하는 작품 70수를 골라 번역 시집을 내고 싶다는 것이었지요. 저는 그가 제시한 작품 목록을 보고 놀라움을 금할 수 없었습니다. 대단한 시적 공력을 지닌 사람이라는 느낌을 받았습니다. 심미의 수준이 정말 놀라웠습니다. 제 친구 중에 한국어를 잘하는 사람이 하나 있습니다. 그는 이미 김태성 선생을 잘 알고 있었고, 만날 때마다 그의 번역에 대한 찬사를 늘어놓곤 했습니다.

이제 번역가 김태성 선생의 추천과 소개를 통해 제 시가 여러분들을 만나게 되었습니다. 제 시집이 한국에서 출판되어 역시 시를 사랑하는 민족인 한국의 독자분들께 읽히게 된 것은 정말 대단한 영광이자 행운이 아닐 수 없습니다.

이 시집에 실린 시들은 중국어의 서정과 운치를 잘 발휘하고 있는 시들입니다. 주체로서의 시인과 시인의 삶을 그대로 드러낼 뿐만 아니라 읽는 이들의 감각과 수용을 중시하는 서사 기법의 작품들이라고 할 수 있지요. 또한 거시적인 시대의 분위기도 빠뜨릴 수 없습니다. 사랑하는 한국의 독자분들께서 이런 점들을 두루 느끼실 수 있다면 이는 시인으로서 커다란 보람이자 영광일 것입니다. 작품의 이해와 수용에 있어서 시인의 생각을 엇갈리지 않게 최대한 일치시키는 문제는 역자인 김태성 선생이 고민했어야 할 몫이겠지요.

사랑하는 독자 여러분, 이 순간 이미 시집을 손에 들고 첫 번째 작품부터 읽어 나갈 준비가 되셨겠지요? 저도 번역가 김태성 선생이 이 시집 안에 구축해 놓은 감정의 흐름을 상상해 봅니다. 손이 닿는 대로 아무 쪽이나 펼쳐 읽으셔도 되고, 마음에 드는 시를 먼저 골라서 읽으셔도 무방할 겁니다. 우리 생명 속에는 가볍게 날아다니는 무수한 그림자들이 있습니다. 이름을 붙이거나 정의하기 어려운 존재와 현상들이 있지요. 우리의 시간들은 대부분 가볍게 흘러가지만 때로는 너무나 아름답고 치명적인 순간들도 있습니다. 이 시집에 담긴 모든 시들과의 만남 또한 우연인 것 같지만 사실은 필연일 수도 있을 겁니다.

타이베이에서

천이즈 陳義芝

차례

한국어판 서문

제2장 나이를 먹는다는 것

제3장 떠돌거나 귀소하거나

제 1 장 / 사랑의 방식에 관한 서른 가지 상상

손으로 쓴 원고

우리는 빈방의 일부가 아니다
버려진 정원의 일부가 아니다
담장가에 난 풀이 아니다
우물 바닥의 물이 아니다

우리는, 문과 자물쇠
침대와 매트리스의 관계
소파와 척추
식탁과 팔꿈치의 관계다

나는 너의 병고病苦 속에서 꿈을 꾸고
너의 자포자기 속에서 산다
너는 내가 도피할 때 놀라 깨어나고
내가 소리쳐 부를 때 떠난다

나는 너에게

완성되지 않은 원고의 일부를 남기고

너는 비에게

닫히지 않은 창문 하나를 남긴다

사랑을 부르다

그녀가 묻는다
혀끝으로 불어 튕기는 침 거품과
코끝에서 부끄러워 쭈뼛거리는 작은 땀방울
그리고 눈 깊은 곳에서 반짝거리는 눈물 빛이
얼마나 깊은 건가요?

그는 탄식하듯 한숨을 내쉬며
편안하게 상대방이 내미는
처량한 미소를 건네받는다
그녀의 손에 주름이 잡힌 채 꼭 쥐어져 있는
향긋한 손수건인 듯

가을 이야기

사랑하는 여인을 보냈다, 가을에……

금빛 햇살이 비스듬히 그녀의 아름다운 두 손을 비추면
나는 놀라서 가을 나무의 가장귀가 흐릿한 것을 느낀다,
빛이 미끄러지면서
그녀의 가늘고 긴 다리를 비스듬히 비춘다

나는 빛과 같아, 물처럼 길고 비스듬한 빛과 같아
그녀의 섬세하고 정교한 복사뼈와,
우아하고 아름다운 어깨선을 관통한다
그녀가 움직일 때 치맛자락이 만드는 바람 속에
더 이상 다른 것들은 없다

수없이 보낸 것들을 정말로 보내 버렸다……

보내고 나서 애써 꾸미지 않은 얼굴을 생각했다

보내고 나서 우리가 대체 무슨 이야기를 나누었는지 생각했다

어쩌면 그저 솜털의 호흡, 가을빛의 흐릿한 기억을 말했을 뿐인지도 모른다

사실은 아무것도 말하지 않았다……

그녀가 내게 주지 않은 것들은 정말로 많다
예컨대 입술의 온도, 가슴의 크기
진실의 골격을 주지 않았다, 그리고

가장 중요한 것이지만
내게 한마디 말할 시간을 주지 않았다
얼굴을 마주할 수 있는 단 일 분의 시간을 주지 않았다

그녀는 가을에 사라졌다. 우리는 아주 오래 연애를 했고
또 아주 오래 헤어졌다……

해변의 편지

그녀의 시선이 먼 곳을 바라보고 있다

정오의 햇빛이 한 조각 한 조각 눈부시게 바다 위를 도망

친다

헤엄치는 물고기의 알몸이 솟구친다, 라디오 방송에서는

방금 가벼운 태풍이 지나가자마자 또 다른 중형 태풍이

이미 형성되고 있다고 알린다

해변의 작은 집에서 적막한 휴가를 보내고 있다

망사 커튼이 통유리 창문 앞에서 아름다운 여인의 숄과

긴치마처럼 하늘거린다

목선 아래 부드럽고 매끈한 팔

그리고 아랫배의 비탈

바람은 타는 듯이 뜨겁게 불어, 눈꺼풀에도 땀이 난다

따가운 햇살 속에 정말로 더는 물빛의 여인이 있어선

안 된다

고개를 숙이고,

그는 노트북 자판 위에 시 한 수를 두드린다

한 통 한 통의 편지로 엮은 시가 ─

해변에 맨발로 찍은 깊고 얕은 발자국처럼

또한 바람이 부르는 처량한 노래처럼

끝없는 사막 위를 오르내린다

바다를 보는 각도를 조금 옮기자

오후의 햇빛이 여전히 바람의 가는 허리를 깎아내는 것

이 보인다

바다는 바람에 비스듬히 몸을 기대고

바람은 햇빛에 비스듬히 몸을 기대고

햇빛은 파란 하늘에 비스듬히 몸을 기대고

세상 전체가 비스듬한 책 한 권으로 변한다

그의 시는 전부 바다 속으로 미끄러져 떨어진다

그는 방금 써내 바다 속에 던져 버린 시를 어떻게 정리해

야 할지 모른다

파도 한 자락과 편지 한 통이 잇달아 먼 곳으로 떠났다가

편지 한 통과 파도 한 자락이 아주 빨리 또

하늘가에서 눈앞으로 되돌아온다

조수의 소리를 가득 실은 편지에는 적막으로 씻어 낼 수
없는 글자가 가득 담겨 있다
바다는 세찬 물보라로 솟아오르는 시가 된다

한 편 한 편 두루마리가 된 파도의 이메일에
피콕블루에서 프러시안블루로 색이 변해 가는 해안에
그는 계속해서 완성되지 않는 문장을 쓴다
차양이 달린 모자를 쓴 미인이 몸을 옆으로 돌리자
아름다운 이마와 잘 보이지는 않지만
깊이를 헤아릴 수 없는 푸른 눈이 드러나고,
황혼이 아무것도 걸치지 않은 그녀의 등 곡선을 비스듬
히 비춘다

그 순간 그의 시도 황혼에 녹아들고 밤에 녹아든다
조수의 물결이 천 개의 손을 뻗었다가 해안을 향해 거둬
들이며 손짓을 한다
하늘과 바다가 서서히 가까워진다. 서서히 하늘이 바다
를 짓누르고 바다가 하늘을 짓누른다
등불이 번역해 내는 산 말고 다른 것은 아무것도 없다
로렌스가 노래한 뱀 말고 다른 것은 아무것도 없다

있다면 틀림없이 관음일 것이다…… 뱀이 그가 읽지 못
하는 시 속으로 헤엄쳐 들어간다

내 젊은 연인

망명한 체첸의 전사처럼
나는 모스크바로 돌아와
내 젊은 연인을 찾는다

하마터면 잊을 뻔한
내 젊은 연인 — 잎사귀와
나의 꿈은, 여러 해 동안
전투를 만나 훼멸되었지만
기억은 훼멸될 수 없어
나는 여전히 젊은 그녀를 본다

망명한 체첸의 전사처럼
하마터면 잊을 뻔한 순간이 다시 생각난다
꿈이 있는 한 내 젊은 연인도 있다
설사 수많은 사람들이 타고 내리는
혼잡하고 어수선한 플랫폼에서의

마지막 눈길일지라도

＊체첸 : 러시아 서부의 공화국으로, 캅카스 산맥 북쪽에 있다. 1992년 체첸과 인구시가
　　분리, 체첸 분쟁이 일어났다.

두 사람의 연습곡

내가 죽고 옅은 안개만

발코니 위를 배회하게 된다면

호미자루는 이미 헐거워져 빠지고

물을 주던 주전자는 이미 깨져 버렸다면

묵죽墨竹에는 이른 아침의 우울이 매달릴 것이고

벽에 붙은 종이꽃은 얼굴 가득 눈물자국일 것이고

내가 너를 위해 갈아 놓은 화단 위로는

옅은 안개가 떠갈 것이다

내가 죽고 햇빛이

너의 창을 비스듬히 비춘다면

울어서 빨개진 눈은 아이크림 속으로 숨고

창백한 입술은 립스틱 속에 묻혀

화려한 옷에는 병든 몸이 걸릴 것이고

어떻게 보아도 너 같지 않을 것이다

마지막 비스듬한 햇빛도 한 마디 한 마디
너의 화장대를 떠날 것이다

내가 죽고 촛불이 꺼지지 않는다면
현악기 소리가 여전히 맴돌다가
가을날의 약속처럼 빈방으로 들어온다면
시간의 바늘이 가볍게 탄식하면서
우리의 침상을 어지럽힐 것이다
마음의 잎새는 노래할 것이고
새들의 울음소리는 떨릴 것이다
우리가 막 서로를 알았던 첫날처럼

나는 내가 죽는다면이라고 말하고
너는 내가 죽는다면이 아니라고 말한다

현악기 소리가 그윽한 그 순간에
침상은 가장 깊은 생각 속으로 빠져들 것이고
우리는 함께
머나먼 — 더 머나먼 곳에 도달할 것이다

터키석 푸른빛으로 부는 바람

동북풍이 가볍게 불어오면
남자는 익숙한 도시를 떠나
터키석 푸른 빛깔의 마음을 지닌 채
높고 드넓은 바람을 타고
산꼭대기 꿈에서 보았던 화원
긴 창문에 불빛이 환한 하얀 집을 향해 날아간다

온몸에 흰옷을 입은 여인은
여전히 해안에서 끊임없이
달이 뜨는 소리를 토해 내고 있다
천년 신화의 속눈썹이 덮이면
맑고 깨끗한 바다 위로
터키석의 푸른빛이 펼쳐진다

아득히 멀리 구름이 흐르는 산머리에
동북풍이 가볍게 불어오면

남자는

투명하게 뿜어져 오르는 온천이

안개의 눈동자처럼 치열하고

두 산 사이에는 좁고 긴 다리가 놓이는 풍경을 명상한다

붉은 망토로 갈아입은 여인이

막 날이 밝은 산꼭대기에 나타난 것을

본 듯이

눈 아래에 황금 모래가 반짝거리고

펄럭이는 치맛자락은 가는 눈雪이 덮지 못하는

꽃나무 같다

행복을 위해 노래하는 여인은

달빛 젖가슴을 드러내고

몸을 지켜 구불구불한 해안이 된다

바람은 터키석 푸른빛으로 불고

그녀는 꿈속에서 호수가 자신을 화원으로

남자의 화로 옆으로 데리고 돌아가는 것을 본다

눈물 흘리는 달빛
—선배 무용가 차이루이웨蔡瑞月를 위해 쓰다

달빛은 그녀의 춤이고
무대는 어둔 밤하늘에 있다
그녀가 발끝을 들어 올려 마지막 춤사위로 뛰어오르고
몸을 한 바퀴 돌리면, 순결한 은빛 광채가
음침하고 차가운 비바람 속으로 빠져든다

달빛은 그녀의 춤이고
무대는 황량하고 차가운 우리 안에 있다
그녀는 손가락으로 기도하고 몸으로 노래하면서
꿈속에서 천창을 열어
달빛으로 하여금 맨발로 춤을 추게 한다

나는 차가운 바람 아래로 걸으며
그녀가 불에 타 버리고 난 뒤의 극장을 생각하며
눈물을 금치 못한다

상처받은 물고기는 바닷가 모래밭에서 파닥거리고

오늘밤의 달빛은 도움을 기다리는 딸의 몸이다

누가 그녀에게 마지막 한 조각

유랑에서 돌아온 마루청을 내어 줄 것인가

돌아오다

바람이 묻는 걸까 아니면 사람이 묻고 있는 걸까
잘 지내시나요?
밤이 찾아와 강을 가로지르는 다리 그림자를 바라보다가
재빨리 너의 목에 걸린 달빛을 빼앗아간다
문득 사탕수수 향의 연꽃 안개 냄새를 맡으며
내가 말한다. 바람이 아니야
마음 바닥에서 나는 소리야

잘 지내시나요? 대답이 없다
내가 묻든 네가 묻든 똑같다
똑같은 물가다
여름 해의 요란한 소리는 이미 고요해졌다
희미한 빛이 유리창을 뚫고 들어오고,
가지와 잎은 바람 때문에 머뭇머뭇
문가에 머물러, 긴 주랑은 훔쳐보고 있고
엘리베이터는 사람을 기다리지 않는다

네가 잘 지내면 나도 잘 지내고
내가 잘 지내면 너도 잘 지낼 수 있겠지
계절에 정이 있든 없든
바람은 어떻게 오가도 가득 채워져 있다
수심을 경고하는 항구의 골목은
앵두가 붉게 익든, 입술이 차가워지든 관심이 없고
기억은 항상 하얀 주름 안에서 넘실댄다

너를 닮은 사람도 없고
나를 닮은 사람도 없다
일력이 하루하루 옷을 갈아입고 나면, 한 해도 지나간다
아름다운 얼굴은 약간 흐린 날의 빗줄기로 적시고
일상의 언어는 조금 맑은 날의 구름으로 그린다
손가락으로 뜨거운 몸을 빗질하면
헝클어진 머리칼이 개구쟁이들의 호흡을 퍼뜨린다

1001 밤의 이야기를
1001 밤에 어떻게 다 할 수 있을까
밤마다 저 하늘 끝을 바라보면
은하의 차창이 전부 열려 있고

기도하고 바라는 향불은 전부 타오르리라

겹겹이 산을 넘고 나서 우리가 다시 돌아오면

물가의 등불은 여전히 밝게 흔들리리라

옷 안에 사는 여자

나는 네가 날 덮어 주길,
바람처럼 가볍게 눌러 주길 갈망한다
너의 섬세한 피부가 내 몸에 착 달라붙는 옷 같기를
또는 나 자신의 피부 같기를 갈망한다

청바지는 유행의 통속어라,
시처럼 생동하는 짧은 글귀를 써내고
옆트임 치마에는 고전의 문법이 있어,
장편의 기도문을 새긴다
봄이 소리를 지르면, 비단 재질의 네 블라우스는 두 송이
분홍빛 꽃봉오리와 꿈같은 인생을 드러내 보여 준다

하지만 나는 안다,
진실한 비밀은 몸의 진열창 안에 감춰져 있다는 것을
"열어서 보여줄게요!"
너는 미소를 머금은 눈빛으로

항상 이런 암시를 보내면서
선홍빛 열매 하나 때문에 수줍어한다

천백 개의 진열창에서 나는 사람들의 마음을 흔드는
너의 웃지 않는 듯한 웃음
넉넉한 옷자락 아래 흔들리는 신비한 천체를 보고서
성경책 종이로 된 사전처럼 미간을 찌푸리고
생각에 잠긴다

사람들의 세상 밖으로 달아났지만
인간 세상에 미련이 남은 여우와 너무나 닮았다
설마 네가 잃어버린 나의 뼈와 근육이고
혹은 내가 네 몸에 붙어 있어야 할 한 덩이 살이라
참대나무 위로 떨어져,
하늘이 보낸 한 마리 뱀이 되는 것일까

나는 갈망한다 너를 입을 수 있기를,
너의 어깨에서 번개처럼 미끄러져 내려올 수 있기를
앞치마가 황금의 곡창처럼 미묘하게 흔들리고
공기가 마찰하여, 햇빛과 키스를 나눈다

나는 모자 달린 네 라운드티를 통해 너의 가슴팍으로 파
고 들어가, 도화원桃花源 안에 몸을 담고 싶다

면사 섬유의 연구를 포기하고 스스로
나의 전공은 몸의 유혹이라고,
예컨대 단추를 풀고 지퍼를 내리는 동안
쉬지 않고 521 521……
전송 신호의 비밀번호를 외우는 것이라고 말한다

스스로 네가 내 꿈속에 깊이 들어와서는
복사뼈의 곡선을 따라 북방을 향하여
뜨거운 비를 막는 우산을 활짝 펼쳤다고 말한다,
내 눈에 너는 주렴으로 반쯤 닫혀 있던 문이다
네가 여는 가죽 가방 안에
나의 친근하면서도 저속한 한 무더기의 말을
담을 수 있으리라 굳게 믿는다

＊ '521'은 중국어에서 숫자를 이용한 은어로, '사랑해'라는 뜻이다.
＊ 도화원桃花源 : 중국 동진 시대 도연명의 「도화원기」에서 그려진 이상향.

페미니즘은 어떻게 말할까

달빛이 얼마나 많은 고대의 여자들을
어울리게 비춰 주었던가
빈방의 일생이,
촉루燭淚와 머리털처럼 가는 마음으로 밤을 수놓는다
앞마당 깊은 우물 뚜껑을 열면
이슬은 자신의 얼굴을 보지 못하고
기근을 피해 떠나는 길에 버려진 것처럼
폐허가 되어 무너진 담장 아래 거꾸로 처박힌다
죽음을 그린 한요寒窯의 연극에서 토해 낸 피에 더 가깝다
젊었을 때는 처첩을 가리지 않고 마구 여자를 밝히더니
등이 긴 의자만 하나 남아
과거를 음미한다

구름과 연기는 끊임없이 변해
금분金粉은 적막해지고
수놓은 치마도 차갑게 젖는다

38

거대한 어둠 속으로 몸을 숨긴

정조와 절개의 패방牌坊은, 너무 무거워

사람들이 감히 뒤적이지 못하는 부덕婦德의 계명이 된다

페미니즘은 어떻게 말할까 —

갖가지 현대의 렌즈를 갖춘 눈만 남기고

이리저리 궁리하러 갔다고

조사하러 갔다고 하겠지

＊ 한요寒窯 : 음침하고 차가운 석회동굴. 고대 중국에서는 가난한 사람들이 주거지로
   사용하기도 했다.
＊ 패방牌坊 : 위에 망대가 있고 문짝이 없는 대문 모양의 중국 특유의 건축물.

애가

늦은 가을
의지할 데 없는
밤
단조로운 종소리가
연달아
흐르는 물을 때린다

누군가
캄캄한 집에 있다
의지할 데 없이
강물 위를
떠다니다가
소리 내어
운다

하늘이 잠깐 밝아지고

마른 잎이

어름처럼 차가운

흰 칼날이 되어

가볍게 스쳐 지나가면

한밤의 꿈은

이미 종적을 감추고 없다

검은 밤의 바람 ─ 흉내 낸 노래

검은 밤을 미친 듯이 달려
너의 손을 꼭 잡는다
너는 바람이라 내 앞이마 위를 미끄러진다
비 같은 도깨비불이
저 멀리 밀려갔다가 다시 푸득거리며 돌아온다

들판을 미친 듯이 달려
너의 손을 꼭 잡는다
너는 비라 내 눈가를 스쳐 간다
반딧불 무리를 흐르게 하는 바람이
일었다가 다시 가라앉는다

내 몸 위를 미친 듯이 달려
너의 심장박동을 붙잡는다
슬픈 호흡이 전율하면서
온통 황량한 연기 같은 너의 밀어를

교차시켜 겹치게 한다

피는 밤보다 더 깊고
잠보다 더 숙명적이다
가장 깊고 그윽한 암초를 향해 참배하는
검은 밤의 바람
내가 너를 이역으로 데리고 간다

겨울밤

욕실에서 걸어 나와, 침대 옆에 자리를 잡고 앉는다
열두 시의 밤, 그가 그녀의 옆얼굴을 생각할 때의
검은 눈동자
소녀 시절 즐겨 입던 티셔츠의
붉은색이, 심장에서 팍 하고 분사되어
사람의 눈을 멀게 하는 빛 같았을까?

침대 머리에서 몸을 돌리자
그녀는 왜 아직 자지 않느냐고,
무엇을 생각하느냐고 묻는다
내일이면 결혼 10주년
갑자기 거칠게 몸을 옮겨 침대 옆으로 다가가자
그녀가 떨리는 몸으로,
따스하게 데워진 두 개의 젖가슴으로
그를 압박하여 눈물을 떨구게 한다……

야간통금 9행

10만 개의 문이 닫혀 있어도, 단 한 집만

열려 있으면 괜찮다

10만 개의 창문이 닫혀 있어도, 단 하나만

열려 있으면 괜찮다

10만 명의 사람들이 전부 낯설면 또 어떠랴

단 한 사람 너무나 잘 알면 되지, 마치

10만 개의 등불이 다 꺼져 버려도

이 세상에 그대가 있어

홀로 내 마음속에 빛나고 있는 것처럼

진실한 사랑 ─ 홍위안에게

마지막 한 줄기 눈빛이 그대를 바라본다

내게 마지막 미소의 죽음을 준다

재빨리 몸을 숨기는 햇빛 한 가닥

뺨 위를 떠다닌다

붉은 가슴을 가진 화려한 새 한 마리

눈물 속을 낮게 비행한다

그림틀 하나가 그림자로

베개맡의 사람, 그대의 낮은 말을 그 안에 담는다

그대의 눈빛은 내 눈빛의 집이다

마지막 한 줄기 눈빛이 그대를 바라본다

내게 평생 편안하기 어려운 안식을 준다

커튼 내리는 걸 잊지 말아 줘요, 나를 바라보기 편하도록

별하늘 속에서 그대를 바라볼 수 있도록

문을 꼭 잠그는 것도 잊지 말아 줘요

바람이 집으로 돌아가는 나의 발소리를

덮어 버리지 못하도록

진실한 사랑, 그대는 나의 마지막 머뭇거림이야

신이 죽기 전에 눈빛이 모이는 곳

몸이 배회하는 곳

---

* 홍위안紅媛은 시인 부인의 이름이다.

천체의 노래

여인의 그윽하고 은밀한 마음은

우주의 가장 신기하고 오묘한 천체다

넘치는 정이 이리저리 떠돌면서

다른 계절 다른 장소에서

다른 사람들을 향해

강약이 다른 자력을 방사한다

성질은 투명하고, 곡선의 아름다움을 갖춰

반복해서 새로운 자태를 만들고, 구름의 형상을 갖는다

슬픈 사랑과 기쁜 연애는 스스로 빛을 발하면서

일정한 궤도를 돌다가

대기와 만나 연소된다

그 눈썹과 눈은 얼마나 희게 빛나던가

수천 수만 점 같은 별들도

여기서는 더 이상 반짝이지 못하고

하늘 강에 의지하여

천천히 돌아 흐를 뿐이다

렌우

과수원에서

수정처럼 영롱한 눈물 한 방울

과실에 매달려 있는 것을 보았지

여러 해 전

마음 깊이 사랑했던 여자아이

나를 향해 치켜든 얼굴도 이런 모습이었지

나중에 그녀는

두 속눈썹을 가볍게 닫으며

떠났지

꽃이 피었다가 다시 지듯이

그녀가 남기고 간 마음이 내게

평생 풀지 못할 수수께끼를 던져 주었지

＊ 렌우 : 아열대 과일의 하나로, 푸석푸석하면서 사과 맛과 딸기 맛이 난다.

알츠하이머 애정 공식

기억상실 때문에
그는 전에 이리저리 날아다니는 개똥벌레를 보았던 곳에
차를 세우고는
하늘이 어떻게 어두워지는지
자신의 차 라이트에 어떻게 불이 켜지는지
주의하지 않고, 그냥 가려고 했다

이리저리 날아다니는 개똥벌레처럼, 도시 안에서
도시 밖으로, 산언덕과 똑같은 높이의
창문 앞으로, 날아왔다
좌표가 없었고, 덕분에 비행할 수 있었다

그는 아주 높은 창문가에서 우연히
편지를 쓰고 있는 별들을 만나서는, 물었다
아직도 예전의 그 신호를 쓰느냐고
이전에 이미 잊혔던 그 신호를 쓰느냐고

또다시 빛이 없는 산언덕에서 우연히
말을 잘하는 바람을 만났다
또 물었다. 이게 우리의 이야기야
듣고 보니 너무나 훌륭한 인생이었지만,
오히려 서글픔을 느꼈다

계수나무 향기를 제외하고는
아무도 떠난 적이 없었다. 누군가
왔었던 것 같았다. 하지만
끝내 알아볼 수 있는 어떤 유물도 남기지 않았다

이야기는 영화처럼 의심스러웠다
그는 있는 힘껏 길의 시점을,
일찍이 고개를 돌려 치워 버렸던 물건들을 상상했다
가서 다시 찾아오려 했다. 물건은 찾았지만, 길은

그 혼자만 어둠 속에 남아
날아다니는 개똥벌레들을 때려잡고 있었다
어두웠다. 한 번도 시험장에 들어가 본 적이 없는 그는
낯선 아기의 울음소리에 귀를 기울였다. 집 문 앞에

몸을 세워 놓고 망연자실한 채, 이름조차 짓지 못했다

지금, 알츠하이머는 사람을 찾는 게시판이라
끝내 늙어 버린 사람을 찾아낸다
그 사람이 별들을 알아보지 못하는 것은
편지에서일까 아니면
눈가의 훔치지 않는 눈물에서일까

기억상실 때문에 그는
서기 2012년의 푸르른 산길 새벽에 차를 세웠다
자신을 본 것 같았다, 정신을 잃은 것은
또 이미 불안한 해 질 녘이었다

18년 동안의 지난 일들을 전부 잊고
2012년에 이르자, 인간 세상에 떠도는 이야기와
자신과의 무수한 상봉도
이리저리 날아다니는 개똥벌레의 비상에 놀라
사라져 버렸다

별실 70년대

이른바 비밀이라는 것은
일곱 개의 단추 가운데 세 개밖에 풀지 못한 것
어둠의 복도에
높고 먼 이상의 가는 빛줄기들과
한숨이 스며들어 오는 것

이른바 도르래라는 것은
일종의 게임의 법칙
격류가 강기슭을 때리면
파도가 일었다가
또 부서져 물러가고
물고기가 낚싯바늘에 걸려 발버둥치는 것

말투의 느슨함을 논할 때
그 시대에는 길 위의 새끼줄에만 관심을 가졌었지
누가 밭 안의 지렁이에 신경을 썼던가

벼 줄기를 거꾸로 세우고

새 이삭을 벗겨 버려야 할까

덜 익어 비린 냄새를

맡아 봐야 할까

가서 담쟁이넝쿨이 되지

타고 올라갈 높은 담벼락이 있으니까

질식할 것만 같다

바싹 붙은 댐이 압박을 진행하고 있기 때문에

그래서 어지럽다

빛이 없기 때문에

그래서 불안하다

고양이가 울고 뭘 해야 할지 모르기 때문에

초록색 빛

물고기 떼처럼 작은 부평초
금속처럼 반짝이는 강바람을 타고 출발한다
봄이면, 토지신 사당을 지나
마을 앞 그 연못 속에서
자란 다음
구궁九宮으로 칸이 쳐진 밭과 들판을 미끄러진다
아이들의 작고 느린 말과 웃음에는
사탕수수 꽁지의 달콤한 향기가 묻어 있고
느린 걸음으로 한 다발 초록색 빛처럼
마을 초등학교에 이른다

앞으로 가면 5월이다
새로 벤 향모초香茅草 숨결이 다두大肚 계곡에 퍼지고
경사진 모래언덕 위에선 어린아이들이 딱지놀이를 한다
수풀 속에서 호각 소리를 울리며
근두운筋斗雲 놀이를 하기도 한다

양배추가 싹을 품고, 부추가 꽃을 피우면
석양은 검은 진흙 속으로 빨려 들어간다

입추가 되면 달빛이
칠리향七里香으로 둘러싸인 학교 운동장을 떠다니고,
옅은 안개의 파도 위로
노란 곤줄박이가 높은 소리로 울고 간다
날아가면서
비취향 미나리 꽁다리를 떨어뜨린 것 같다
기억에 미련을 갖는 오후도 있다
하늘이 맑고 파랄 때면,
생각이 해그림자처럼 반짝이며 옮겨 간다
천 마리의 노랑나비가 협곡 안을 쫓고 쫓기며 날아다니고
밤이 되면
반딧불이들이 시간의 강에 불을 붙인다

배회하던 바람은 서로를 그리워하는
산 위를 휘돌아 가고, 서로를 그리워하는 수풀 속에서는
소년의 까마귀가 하루가 다르게 자라
마침내, 한 마리 한 마리 북쪽으로 날아간다

멀리 꿈속의 은하수를 향해 날아간다
낡은 압수펌프에서 나는 끼룩끼룩 소리를 내며 날아간다
진흙처럼 검은 마을에서는,
흙벽돌로 지은 오래된 집 지붕이
점점, 멀어져 간다

낡고 목마른
저수지와
얕은 진흙 봇도랑 그리고
선혜엄 치다 지친 사람만 남아 있다
그는, 망초가 의지해 살던 언덕 위를 회고한다
어디서 날아왔는지 모를 초록색 빛이
눈동자 차갑게 응결되어 있다가, 마침내 한 방울
적막한 눈물로 변한다

---

* 구궁九宮 : 아홉 방위의 자리.
* 근두운筋斗雲 : 『서유기』에서 손오공이 타고 다니던 구름.
* 칠리향七里香 : 잎에서 그윽한 향이 나는 식물로, 돈나무의 일종이다.

칠석의 색깔 배합

달빛 노란 봄 저고리가 가슴선을 드러내고
호숫빛 푸른 비단 치마가 작고 둥근 허리춤을 푼다
바다 쪽빛 은하는 숨 쉬면서 달리고 있고
자수정빛 눈동자가 빛을 발하면서, 있는 힘껏 반짝인다

꼿꼿한 목이 낮아진다 낮아진다
눈이 끌어안은 천산天山이 모습을 드러낸다 드러낸다
너의 머리칼이 가벼운 바람 속에서
노을빛으로 붉게 물든 입술을 집적거리면
나의 마음은 어둔 밤의 해를 두드리며
다시 한 번 뜨거운 비를 기도한다

관음

너는 내 옆에 앉아 있다
백자로 만든 관음상처럼
코끝에 작은 땀방울이 맺혀 있다
방금 꿀벌이 날아갔는지
부드러운 입술이 금붕어의 말을 토해 내고 있다
투명한 유리 항아리 같은 거리를 사이에 둔
파처럼 하얀 손가락이여
부용꽃 잎 안으로 말려 들어가야 할까
아니면 솜이불 속으로 들어가야 할까

너는 내 옆에 앉아 있다
아무 소리도 들리지 않는 텅 빈 방처럼
반들반들 매끄러운 바위가 수포로 둘러싸이고
해가 물에 푹 잠긴다
노란 달이 산꼭대기에 희미하게 모습을 드러내고는
전깃불보다 더 밝은 능선稜線을 가득 쏟아 내면서

밤의 속눈썹에서

달빛의 술 창고를 향해

둥근 달의 젖꼭지를 향해 미끄러진다

너는 내가 반들반들한 바위를 껴안고서

파처럼 하얀 부용꽃 잎 떡을 씹고 있는 걸 알지 못한다

내가 이미 관음을 껴안고서

감히 미끄러지지 못하는 것을 알지 못한다……

머리칼은 욕망이고 옷은 마찰이다

나는 버드나무 가지와 깨끗한 물병에서 가장 가까운 호흡과 포옹한다

너는 내 옆에 앉아 있다

내가 물을 긷는

깊은 물가에 앉아 있다

나는 너의 환자다

나는 너의 환자다
너는 내게 달콤한 약을 먹여 주고
내가 치유의 신앙을 낳을 수 있도록
내 젖가슴을 어루만진다

내 배꼽 아래를 만지면서
보이지 않는 욕망을 찾는다
황체호르몬이 부드러운 모래가 되어
푸른 풀 끝없이 펼쳐진 친밀한 관계를 수립하게 한다

남방 땅을 개간하여, 수세미를 심고
북방 땅을 개간하여, 토마토를 심는다
동쪽에서는 복숭아꽃을 따고
서쪽에서는 금붕어를 키운다

나는 너의 환자라

너는 나를 위해 주사를 놓는다

꿈속의 병충해를 제거하고

메스를 들어, 염증이 난 내 가슴을 가져간다

어느 구석

도시의 어느 한구석에
죽어 가는 사람 하나 누워 있다
일찍이 그는 사랑에 대한 환상 때문에
자신에 대한 불충을 초래했다

어둔 밤의 눈물을 환상하여
아주 짧은 미로의 항해를 물들인다
그의 왼손은 찢어진 그물을 거둬들이고
오른손은 이미 차갑게 식어 버린 물고기의 시신을 붙들
고 있다

도시의 한구석에 누워 있는
처량한 눈빛이 응결되어 이슬이 된다
하지만 회한으로 몸부림친 마음이 햇빛에 불을 붙여 환
하게 밝히면
그는 아주 빨리 몸을 일으킨다

아직 죽지 않아, 그는 광장을 향해 걸어간다
남들이 상처의 불꽃을 볼까 두려워하지 않지만
도시에 더 많은 사람들이 죽어
어두운 구석에 누워 있을 것을 두려워한다

잃었던 것을 사랑하기 위하여
다시 찾은 것을 사랑하기 위하여
그가 도시 한가운데로 걸어가, 빛을 맞으면
어둔 밤의 상처도 따라서 봉합되기 시작한다

말 한마디

말 한마디는 아주 짧지만
그 의미는 연애하는 날들 만큼이나 길다
일생은 너무 짧지만 거기에
서로 만날 때의 눈빛과
만나지 못할 때의 꿈을 더하면
아주 짧은 편은 아닐 것이다

한 줄기 시냇물이 잠자리 협곡을 관통하여
산세를 평평하게 깎고 바위를 둥글게 갈아
거리를 단축시키듯이
일단의 세월이 또 다른 세월로 이어져
그 한마디 말을
갈수록 짧게 갈고 깎는다

한 밤 또 한 밤 이어지는 은하의 빛이 있어
우리가 고개를 들고 바라보면

별 하나는 물을 긷고 있고
또 다른 별 하나는 강을 건너고 있다
소리 나지 않는 눈동자가
때로는 가깝게 때로는 멀게 반짝거리면서
한평생의 말을 하고 있다

한순간

전화에서 너는 아무 연고도 없이 울음을 터뜨리고
아무 연고도 없이 마음이 상한다
나는 아무 연고도 없이 너의 울음소리를 들으며
아무 연고도 없이 네 마음의 상처를 공유한다

꿈에서 너는 아무 연고도 없이 잠꼬대를 하고
아무 연고도 없이 내게 따진다
나는 아무 연고도 없이 너와 대화하고
아무 연고도 없이 아주 많은 말을 한다

분명히 잠이 들었다가 또 깨어난다
아무 연고도 없이 날이 밝으면 깨고
날이 어두워지면 또 깬다
아무 연고도 없이 울고 아무 연고도 없이 울지 않는다
아무 연고도 없이 놀리고 아무 연고도 없이 놀림을 당한다

아 이것은 무슨 연고인가

예전에 네가 우연히 나를 만났고

지금 네가 우연히 나를 만난 것처럼

아무 연고도 없는 것이 바로 백 년의 연고다

홰나무 꽃

그녀가 나무 아래 서 있다
홰나무 꽃이 한 송이 한 송이 흩날리고
점점이 내리는 빗방울은 조금씩 조밀해진다

홰나무 꽃이 머리 위로
이마 위로, 목 위로 흩날리다가
옷깃 사이와 치맛자락으로 떨어져
복사뼈와 발꿈치 위로 미끄러진다

그녀는 조용한 황궁의 꽃
그녀를 비추는 유리와
희소한 새소리가
물풀처럼 젊고 싱싱하다

누가 그녀를 잊은 것일까
나무 아래

그녀를 휘감고 있는 향기는

연노랑 꽃모자다

가장 아름다운 말

가장 아름다운 말은 눈으로 읽는다
탄도를 미끄러진 눈길 속에서
서로 부딪쳐 불꽃을 일으킨다

가장 아름다운 말은 마음으로 느낀다
캐터필러가 삐걱거리며 다가오는 피부 위에서
포옹하여 자장을 만든다

가장 아름다운 말은 콧김으로 서로 통한다
두 개의 입술마저 권태를 느낄 때
밤이, 고요해지면
그윽하게 한 가닥

설향雪香의 난초를 토해 낸다

장맛비 — 도쿄 여행

처마에서 떨어지는 빗방울이
담장 밖을 향해 위급함을 알린다
이를 앙다문 채
꽉 깨물고 놓지 않으려는 것 같다
시계추가, 바로 옆방에서
불규칙적으로 미친 듯이
그러면서도 부끄러운 듯이 진동하고 있다
살색 시몬스 침대가
삐그덕 삐그덕 요란한 소리를 낸다

나는 한밤에 엘리베이터를 탄
그 대머리 유럽 대륙 남자와
기모노 차림의 여자가
가늘게 뿌리는 눈 같은 동양인 어투로
새하얀 치아를 토해 내는 모습을 유추해 본다
어디서 들려오는지 모를, 한밤중에 잠에서 깬

일련의 봄물 소리가, 땀을 흠뻑 흘리고 있고
벽으로 막혀 있지만
완전히 막을 방법은 없다

간헐적인
번식의 운율이
단속적으로 진행되고, 새벽을 침범하는 소리는
누군가 수직으로 밭을 가는 것임에 틀림이 없다
이국에서 먼 옛날의
봄의 제례를 지내는 것 같다
항구의 여관
밤에 내리는 궂은비

제 2 장 / 나이를 먹는다는 것

머나먼 강

수위가 내려가고 있다
누가 강의 폭을 훔치고 있는 걸까
숲이 벌목당하고 있는 걸까
아니면 상류에 댐이 건설되고 있는 걸까

수위가 내려가고 있다
누가 강의 깊이를 훔치고 있는 걸까
강가를 따라 버려진 쓰레기일까
아니면 강물 깊이 쌓인 진흙일까

하늘에서는 나무들이 꽃을 피우는 모습이 보이지 않고
수면에는 새들이 글씨 쓰는 모습이 보이지 않는다
구름은 문을 닫고 집으로 돌아가 버렸고
비도 자신이 돌아갈 곳을 잊어버렸다

수위가 계속 내려가면서

슬그머니 거꾸로 비친 산의 모습을 훔쳐 가 버렸다
산길이 숲을 짓밟고
산자락이 산봉우리를 왜소하게 만들었다

산골짜기에는 흐르는 바람이 보이지 않고
흐르는 바람은 빼곡이 둘러쌌던 군중을 잃어버렸다
군중에게서는 번개가 보이지 않고
번개는 흔적을 잃어버렸다

수위가 계속 내려가면서
슬그머니 강물의 노랫소리를 훔쳐 가 버렸다
물을 건너려는 사람들은 놀라서 의아해 하고
나룻배를 모는 사람은 말이 없다

물을 건너려는 사람들이 없어지니 나룻배를 모는 사람도
보이지 않고
나룻배를 모는 사람이 없어지니 물을 건너려는 사람들도
보이지 않는다
갈대꽃은 원래 강가의 옷깃이었고
떨어지는 노을은 흐르는 물의 가사袈裟였다

그러나 지금은 누군가 나룻배를 훔쳐 가 버렸고
햇빛 같은 수초를 훔쳐 가 버렸고
너와 나의 예전 그 강을 훔쳐 가 버렸다

도대체 누가 강의 물길을 절취하여
더럽고 흐린 물이, 흐르는 물을 절취하게 하고
황무지가 모래톱을 절취하게 하여
일련의 안절부절만 하천 골짜기에 남겨 준 것일까

자유를 고취하는 가는 모래도 보이지 않아
나는 서둘러 상류로 걸어 올라간다
녹색 명상의 바람도 불지 않아
하늘은 거짓 변덕의 기상이 되어 버렸다

자줏빛 해오라기는 외톨이가 되었고
철새들만 어지럽게 회갈색 깃털로 짝짓기를 한다
나룻배 머리는 이미 황량해졌는데
수원水源은 여전히 예전의 수원일까

무지개가 점차 소실되어 가는 해의 스펙트럼을 애도하고

무거운 폭음은 구름 속에서 오르락내리락한다
큰비가 지나가고 이레째 되는 날
나는 혼자서 외롭게 강가를 따라 걷는다

바람은 더 이상 책장을 뒤적거리는 바람이 아니지만
뜻밖에도 천 개의 혀가 되어 헤집어 대고 있다
나는 풀이 죽은 채 별과 달의 등불을 끄고
재빨리 한밤의 꿈의 문을 닫아 버린다

오음五音에서 서로에게 은혜를 베푸는 것은
오미五味에서 서로를 잊는 것만 못하다
함께 오색五色에 젖는 것은
강호에서 서로를 잊는 것만 못하다

나는
머나먼 거품이고
강은
증발해 버린
한 줄기 강이다

* 오음五音 : 궁, 상, 각, 치, 우의 다섯 음.
* 오미五味 : 단맛, 쓴맛, 신맛, 매운맛, 짠맛의 다섯 가지 맛.
* 오색五色 : 검정, 흰색, 빨강, 파랑, 노랑의 다섯 가지 색. 오색은 오음, 오미, 오방, 오
  장 등과 함께 전통적으로 중국인들의 음양오행설을 반영하고 있다.

해변의 황무지

또다시 아버지의 호미가

밭에서 위아래로 움직이는 것이 보인다

해는 이미 중천에 가까워졌는데,

아버지는 계속 호미질을 하신다

어머니는 광주리 한구석에서

아직 다 식지 않은 죽을 한 사발 꺼내

작은 관목 수풀 아래 내려놓으신다

거의 사십 년 전의 풍경이다

메마른 땅은 방풍림 언저리를 따라 펼쳐졌다

방풍림은 구부구불한 해안선을 따라 펼쳐졌다

그때 바다에는 눈이 따가운 햇볕이 있었고

극렬한 바람과 파도가 있었다

눈앞에 놓인 식은 채소국과는 사뭇 달랐다

그때 아버지는 해바라기 같은 밀짚모자를 쓰고 계셨고

우리도 매일 같은 모자를 쓰고 다녔다

바람과 파도에 맞서는 일은
죽은 자들의 해골을 파내는 것과 같았다
아버지는 힘껏 호미질을 하셨고, 우리는
밭 한가운데서 허수아비 놀이를 하다가
때로는 참새가 되어
음울한 방풍림 안으로 날아 들어가기도 했다
바람은 숲속에서 소용돌이쳤고
작은 사당은 더 먼 곳에 있었다

연기 같은 구름이 하늘가를 날아 지나갈 때면
매미 소리가 요란해지고
나는 부서진 곡식 창고 지붕에 쪼그리고 앉아
멀리 사방으로 나의 허수아비들을 살폈다
떠올랐다가 내려앉는 기억이 해변에 있고
해바라기 같은 밀짚모자가 황무지에 있었다
아버지는 호미로 땀을 땅에 묻고 계셨다

죽은 자와 그럭저럭 살아가는 자

여기 누워 있는 사람이 어떤 사람인지 상상하기 어렵다
전쟁에 놀라 삼십 년
총소리에 쫓겨 삼천 리
그리고 어두운 그림자 속에 누워 또 삼십 년을 살고 있다

그가 지키던 진지가
정말로 적을 유인하기 위한 미끼였는지
상상하기 어렵다
몸을 숨겼던 토지신 사당은 적군의 야영지였다
녹슨 훈장으로 부러진 팔 하나와 바꾸고
포로가 되자, 그에게 제대 명령서 한 장이 떨어졌다

전쟁이 평범한 청춘을 유기하고
충정이 꽁꽁 동여맨 병을 유기하고
일생의 고통마저 그를 유기했을 때
대검에 찔렸고 탄환에 맞았고 군령에 속았던 자신의 몸을

황량한 산머리에 주어 버렸다
더 이상 아무도 쫓아오지 않는 땅에 주어 버렸다

종종 그를 보러 찾아오는 사람은
그와 마찬가지로 그럭저럭 살아가는 어두운 그림자 속의
가족들뿐이다
이따금 그를 찾아오는 것은 산머리의
뜨거운 해와 바람, 그리고 비
전쟁이 일어난 이유도 모르고
그럭저럭 살아가는 이유도 모른다

흘러가는 물

강의 일생은 아주 길다

어려서부터 천천히 성장한다

어렸을 적 빠른 여울 같던 마음이

다 큰 뒤에는 무겁고 깊은 영혼으로 변한다

사람의 일생도 무척이나 길다

구불구불 기복을 반복한다

어렸을 때는 총총히 꾸린 행장이었다가

나이가 들면 멈춰 있는 구름의 모습만 가득하다

하늘빛 아래 길고 긴 일생에

얼마나 많은 슬픔과 서글픔이 있었던가

산봉우리가 갑자기 깎아지른 절벽을 만나고

물줄기들이 서로 다툰 뒤에 소용돌이를 이루는 것 같다

아, 젊을 때는 몰랐던가?

강가에 홀로 한가롭게 버려져 있는

작은 배처럼

생명이 번뇌와 우울을 감추고 있다는 것을

달이 물처럼 아름다울 때면

길고 긴 강줄기는 아름답고 낭만적인 곡선이 되고

검은 머리칼은 별하늘에

부드럽고 옥 같던 피부와 얼굴을 비쳤는데

이제 늙고 나니

후회되진 않는가?

맨 처음 바다를 향해 노를 내밀었을 때는

꿈을 저어 산림으로 돌아오진 않았을 텐데

밀림

마른 잎도 한때는 생명을 구했었다
부러진 가지도 한때는 즐거움을 찾았었다
산길은 그의 전생이고
돌계단은 그의 현생이다

나한이 바람 없는 밀림에 앉아 있다
막돌의 표정은 천지의 표정이다

푸른 이끼는 어리석은 마음을 실증하고
떨어진 꽃은 윤회를 실증한다
죽었다는 것은 곧 이미 살아 있지 않다는 것이고
살아 있다는 것은 이미 멸망하지 않았다는 뜻이다

옛날에는 제 몸이 넝쿨이 되어 절벽에 늘어져 있었지만
오늘 아침에는 비에 밟히는 옅은 이끼가 되어 있다

바람을 마시는 것은 참회를 위한 것이고
노숙을 하는 것은 수행을 위한 것이다
이전에는 원래 수수께끼였는데
이제부터는 공空이 되었다

만 마리 매미가 요란하게 울어 대면서
그 한 사람만 보고 있는 가운데
그는 조용히 지나가면서
매미들에게 말을 멈출 것을 부탁한다

비어 있다 텅 비어 있다
나한이 생명을 구하는 밀림에 앉아 있다
비어 있다 텅 비어 있다
나한이 즐거움을 찾는 밀림에 앉아 있다

약초 캐는 사람

오래된 등나무 같은 두 손이 가위처럼 빠르다
석벽 위에
약초 자루 하나만 남기고
그는 모든 사람들의 마음속에 살아 있다

백발로 산에 들어가면 구름보다도 깊다
가시넝쿨을 헤치고
그 쓴 풀들은 호랑이가 냄새를 맡고 늑대가 깨문 뒤에
다시 그를 거쳐 가볍게 씹힌다

산의 연기와 비에 대한
몇 세대에 걸친 미련함인가
아, 얼마나 많은 상처와 아문 딱지를 합쳐야
목초木草로 된 경서經書 한 권을 만들 수 있는 것일까

들어보라! 흰 소나무 숲이 미친 듯이 웃어 대는 소리를

석벽을 미끄러져 내려온 그가

절벽 바로 앞에서 입을 크게 벌리고

가쁜 숨을 쉬는 모습이

얼핏 보인다

내일을 기다리다

1999년 가을은 깊었다
흐린 구름이 도시 전체를 소문처럼 떠돌았다
바람은 양들의 산언덕 소들의 초원으로 돌아가고
뱀이 서식지에 웅크리고 꿈을 꾸고 있었다

마음의 밭에 열병이 만연하고
일식이 시간을 송두리째 삼켜 버렸다
누군가 쓰레기 더미를 뒤적이며
생명의 답안을 찾고 있고
미약한 손전등이 저녁 기도 소리 속에서 명멸하고 있다

동지 후 아흐레 동안 호우가 내렸다
어둔 밤은 차가운 주사위를 던져 수수께끼를 만들고
아버지가 아들에게 쓴 편지
아내가 남편에게 쓴 편지가
반짝이는 유서처럼 타는 듯이 눈을 아프게 한다

닭 우는 2000년이 되어서야
산천은 또 자신을 바라보고
대지에는 새로운 도감圖鑑이 떠오르고
집은 아직 다 지어지지 않았지만
이미 양지를 향한 창문이 있고
정원은 아직 조성되지 않았지만
이미 물을 길을 수 있는 우물이 있다

옛 거울의 천 가닥 잘 드러나지 않는 무늬에서
하나하나 핏빛과
해를 향한 훈향이 배어나온다

국화를 찾다 — 아버지의 백 년

민국民國이 시작되기 3년 전인 무신년
5월 14일 축시에 태어났으니
아버지는 만청滿淸의
유복자인 셈이다

철부지 아이일 때 이미 글을 배워
구름과 비, 눈과 바람
저녁 낙조와 맑은 하늘의 대구를 알았고
중년이 되어서는
사람을 말했다

소금은 짜고 식초는 시듯이
삶에 아무 의미가 없었다
만년을 요약하여
살아 근근이 부양하다가 죽어 땅에 묻히는 것
모든 이치는 당연한 것

시간은 정확한 것

자손은 흥성한 것이라 하셨다

그런 생각이 어디서 나왔느냐고 물으면

능글맞게 웃으시기만 할 뿐

말씀을 하지 않으셨다

민국 91년 5월

병실에 해가 지고 있었다

주사를 맞은 팔에 피멍이 들었다

호흡의 빈도가 줄어들고 있었다

내가 "아버지 몇 마디만 해 보세요."라고 말했다

아버지는 침을 몇 번 삼키시더니

뭔가 중얼거리셨다

내가 다시 부르자

아버지는 눈꺼풀을 크게 여시고는

몸이 안 좋다고 말씀하셨다

다음 날 나는 다시 아버지를 부르며 몇 마디 말했다

아버지가 내게 국화를 찾아 달라고 하셨다.

음조가 이미 가벼워져 이내

한 가닥 슬픈 노래로 변했다

눈꺼풀은 다시 열리지 않았다

지금 이날까지

나는 아직 인간세계의 친소전親疎殿에 있고

아버지는 하늘의 광한궁廣寒宮에 계시다

부자의 정은 제비가 되어 날아갔지만

기억은 여전히 기러기가 되어 찾아온다

---

* 민국民國 : 1911년 신해혁명으로 청나라가 무너지고 성립되었던 중화민국.
* 만청滿淸 : 청나라를 달리 이르는 말. 여진족이 만주에서 일으킨 나라라는 데에서 유래한다.
* 친소전親疎殿 : 중국 송대의 시 이론서인 『성률계몽聲律啓蒙』에 나오는 '청서전淸暑殿'을 유사한 발음의 '친소전'으로 바꿔 부자관계를 암시하고 있다. '청서전'은 하늘의 광한궁과 대비되는 인간세계의 가장 아름다운 곳을 상징한다.
* 광한궁廣寒宮 : 달 속에 있다는, 항아姮娥가 사는 가상의 궁전.

주차할 곳이 없다

주차할 곳이 없다
입과 배의 욕망이 이 도시의 지하실에 가득 차 있다
이기적인 마음이 거리의 양쪽을 독차지하고 있다
하나하나 모든 몸들이 표류하면서
집의 서식지를 찾지 못하고 있다

주차할 곳이 없다
어디에 등불 아래의 사랑이 있을까?
경찰의 견인차와 공공연하게 차를 훔치는 자들이 횡행하
는 도시에서
우리는 유랑하고, 야합하고,
더 많은 이기심과 욕망의 사생아들을 낳는다.

분기焚寄 1949

나무가 가지에 깃들어 살고 있는 새를 흔들어 깨운다
바람이 열 손가락으로 마구 쏘아 대는 휘파람 소리로
무덤을 스치고 지나간다
갈라진 땅 위로 말발굽이 달리고
화약 연기가 핏자국을 빤다

비스듬한 사람 그림자에 기대
과거를 바라보면
강의 구부러진 목덜미에
눈물 가득 흐른다

배나무 채찍이 들판을 때리면
온통 쓸쓸하고 거대한 흰빛뿐이다
검은 머리칼이 놀라는 계절이라
아주 어린 나이에 지팡이를 짚던 사람은
얼굴이 팔려

복숭아꽃이 되었다

귀중품이 든 가방을 들어 올리면
배표는 흘러간 물 위에서 거칠게 몸을 뒤집고
멀리 떠내려 와 고난의 노래를 토해 낸다
기러기 떼는 남쪽을 향하고

---

* 분기焚寄 : '불에 태워 보낸다'는 뜻으로 대륙에서 타이완으로 대규모 이민을 실어 나
르던 피난선의 이름이다.

신비한 화롄

꽃 한 송이 귓가에 있다
비 한 줄기 이마 앞에 있다
꿈 하나 여명에 있다
온통 파란 하늘이 떠가고 있다

신비한 사람 하나 정이 깊어
나는 그녀를 데리고 화롄으로 돌아간다

화롄에는 전쟁의 화약 연기가 없다
화약 연기는 해안 산맥에 사는 칼새다
화롄에는 정객들의 구호가 없다
구호는 푸른 풀밭 위에 맺힌 작은 이슬방울이다
화롄에는 그리움의 눈물이 없다
눈물은 연인들을 위한 자리에 있는 한밤의 온천이다

신비한 사람 하나 정이 깊어

나는 그녀를 데리고 화롄으로 간다

들사슴들이 뛰어다니는 사이에 날이 어두워지고
새들이 울어 대는 사이에 날이 밝아 온다
해그림자가 천천히 동쪽으로 이동하면
우리는 몸을 뒤척이며 잠에서 깬다

오로지 정이 깊은 사람만이, 다정할 수 있다
그녀는, 나의 신비한 화롄이다

＊ 화롄花蓮 : 타이완 동부의 해안 도시로 풍광이 무척 아름답다. 시인이 태어나 유년 시
절을 보냈던 고향이기도 하다.

옛 사진

아버지는 항상 전화를 걸어 나와
매장을 할지 화장을 할지를 토론하시곤 했다.
10년 전에는
내가 그린 양지바른 고지대
자식 손자들이 휴일에 놀러오기 좋은 길을 가리키셨다

어머니는 마흔 넘어부터 거친 분노와 슬픈 상처 때문에
잠을 놓치기 시작하셨다. 염주를 만지작거리면서
잃어버린 밤들을 되찾으실 때까지
― 아버지의 밤이기도 하고, 자식들의 밤이기도 했다

아버지는, 대륙에 전처가 있으니,
그녀를 셋째엄마라 부르라고 말씀하셨다.
반세기 전에 그녀는 남편을 전쟁에게 주고
딸을 고난과 굶주림에게 주었다
그리고 자신을 청상과부의 검은 상자 안에 넣어 두었다

이모는 타이완 남부의 권촌眷村에 살게 되셨지만
셋째엄마는 다리 한쪽이 검게 변해 잘라 내야 했다
걸핏하면 꿈에서 긴 열차가
요란한 소리를 내며 마을로 들어오는 것을 보곤 했다

노년의 외삼촌은 치매를 앓다가
3년 전 양로원에서 돌아가셨다. 의사는
외삼촌이 평생 아내를 맞지 않은 것에 대해
이미 기억이 없어, 아무런 유감도 없었다고 말했다

나중에 형은 객가客家 여자를 아내로 맞았다
그는 근검함이 사랑의 최고점이라 믿었다
누나는 본성인本省人 사업가에게 시집을 가서
기성복 상점에서 청춘의 색깔과 광택, 모양을 재는 일을
했다

사촌형은 고소공포증을 앓았다
그는 원해 뛰어난 공군 조종사였다
여동생은 병원에서 아이를 지웠다
그녀는 방금 변태인 매부와 이혼했다

연애는 연애할 가치가 있는 여자와 해야 하는 법이라
매일 밤 남쪽의 그 별을 응시하는 사람이 있다
머리칼이 가을날 누렇게 마른 나무처럼
엉클어져 있다

나와 내 아내의 삶은 크게 다르지 않지만
끊임없이 반복되는 꿈속 풍경으로
시 쓰는 법을 배우고, 그들의 낡은 옛 사진을
뒤적이곤 한다

---

* 권촌眷村 : 1949년 국민당 정권이 백만이 넘는 군인과 그 가족들을 데리고 타이완으로 퇴각하여 정착하면서 임시로 마련했던 집단 거주 지역. 타이완 외성인들의 민족 정체성을 상징하지만, 지금은 대부분 재개발되어 남아 있는 곳이 많지 않다.
* 본성인本省人 : 1949년 이전에 중국 대륙에서 타이완으로 건너와 정착한 사람들을 말한다. 1949년 장제스의 국민당을 따라 내려온 사람들은 외성인外省人이라 부른다.
* 객가客家 : 주로 중국의 광동 북부에 사는 한족의 일파. 화베이 지방에서 이주하여 온 것으로 추정되는데 동남아시아 각지에 퍼져 있다.

너덜너덜한 족보

수염이 쓰레기처럼 자란 그 사람의 머리 위에는
제갈건諸葛巾이 매어져 있었다
두 발은 진흙투성이, 내 사촌형이다
30년 동안 자기 집이 누워 있는 산골을 떠난 적이 없다가
이번에, 나를 데리고 강을 건너 현성縣城에 와서는
담뱃대를 툭툭 치며 중얼거리듯 말한다.
인적이 사라졌어
뱃머리를 돌리자
그는 참지 못하고 한바탕 기침을 해 댄다

인적이 사라졌다
허리가 굵은 칡나무가 베어지고
새카맣던 삼림은 벌거숭이가 되었다
외부 세계로 향하는 석판 길도 깎여 나갔다
그랬다, 40년 동안 전기도 들어오지 않았었다
마을의 나이 많은 사람들은 갈수록 잊는 것밖에 없었고

간수해 둘 만한 기억도 없었다

49년 겨울, 그의 아버지는 이름 없는 산골짝에 버려졌고
53년, 큰형은 압록강 동쪽에서 죽었다
이듬해부터 차례로 낳은 딸들은
셋 다 문맹이다
흉년이 들면 비파나무를 깨물어 먹고
산 위의 도파등나무를 씹어 먹었다
배고픔을 참을 수 없을 때는
백토를 한 덩어리씩 입에 쑤셔 넣었다
이렇게 요행으로 살아남았다

강가의 고구마 식당에서
나는 그를 위해 드렁허리 요리와 콩팥볶음 한 접시를 시
켜 주었다
그는 너덜너덜한 족보를 들고는
손가락으로 가리키며 내게 말했다
"원래 만물은 하늘에 뿌리를 두는 법이지……."

꿈꾸던 집 — 아버지가 그리울 때

집이 생장할 수 있을까요?
저 벗겨진 정수리와 구부러진 등,
희멀건 눈동자를 좀 보세요
허리를 구부리고,
지팡이를 짚어야 몸을 지탱할 수 있잖아요

큰 나무가 생장할 수 있을까요?
씨를 맺고 잎이 떨어지고,
말라서 가지가 꺾이는 것을 좀 보세요
하늘을 바라보면서,
파리하게 늙은 안색과 표정을 드러내고 있잖아요

어두운 밤에 곧게 서 있는 늙은 참죽나무는
집인지 나무인지,
아버지 당신인지 모르겠지만
아침이 밝아 올 때면

지평선 위로 솟아오르는 빛이 됩니다

움직이는 저 빛은, 처마 모퉁이와 울타리를 지나
나무 그늘 아래 그물과 나뭇가지 끝의 바람을 지납니다
한 겹 또 한 겹 눌린 빛이
아버지와 저, 그리고 제 아들을 지나쳐 갑니다

낡은 집이 더 강한 빛 ― 한 줄기 불길에 매장되고
생명은 공허한 기다림에 매장되고
희망은 측량할 수 없는 미래에 매장되어

제가 꿈꾸던 집이 더는 생장하지 못하게 내버려 둡니다
   멀리 갔던 큰 나무도 제게 더 이상 생장하지 못한다는 암
시를 줍니다
   그 불의 밤에, 아버지는

저를 바라보시면서
훨훨 타는 불길처럼 생장하고 계셨습니다

해안에 밤이 오면

한눈에 끝 간 곳까지 다 볼 수 없는 황혼에
어떤 사람은 배드민턴을 치고, 허공을 향해 은방울꽃을
던진다
어떤 사람은 모래 위에 누워 안마를 하고, 무의식중에
밤을 위해
비밀스런 전문을 한 줄 남긴다

어떤 사람은 연기를 내뿜는 흰 치아로 외국에서 온 여자
손님을 희롱하고
바다에 가까운 작은 술집에서는, 눈과 눈썹으로
몸을 일으켜 떠나려는 우울한 남자를 붙잡는다
석양은 화장을 마치고 침대 가장자리에 걸터앉은 뚱뚱한
여인처럼
바다의 평면 위에 앉아 있다
전자기타가 게으른 현을 흔들어, 바람 속의 그 노래를
술로 빚어 놓는다

가로등도 없는 도로가 긴 열차처럼 걸어가지만

정차할 플랫폼이 없다

새 울음소리도 없는 파인애플나무의 비스듬히 기울어진
그림자가

쓸쓸하게 서 있다, 집도 없고

마음속 외침 말고는, 존재하는 어떤 물건도 없다, 이곳에

어둠이 내릴 때는

정을 끊은 비구니

바다는 파란빛으로 흔들리고
하늘은 자줏빛으로 희미하다
등 뒤의 수유등酥油燈이 업장業障을 없애 주고
누런 달빛은 연등불燃燈佛이 된다

나는 가부좌를 틀고 푸른 바위 위에 앉는다
사방 들판이 온통 벌레 울음이고
눈 아래로는 끝없는 해안선이 펼쳐진다

산등성이에 검은 집 한 채
매일 저녁 한 계단씩 올라가
그 집 문에 달린 등불을 켠다

마음속에 검은 집 한 채
매일 저녁 나는 들판에 누워 있다
검은 집이 아침 여명 속으로 사라질 때까지

일찍이 전생의 바다는
파란빛으로 흔들렸다
일찍이 전생의 하늘은
자줏빛으로 희미했었다
일찍이 전생에 가부좌를 틀고 앉았던 나는
아직 묘령에 머리를 깎고 정을 끊은 비구니다

＊ 수유등酥油燈 : 소나 양의 젖을 국자로 저으며 부글부글 끓여 냉각한 후 응고된 지방
　　　　　　으로 만든 기름을 사용하는 등. 밀교에서 불을 피우며 그 불 속에 공양
　　　　　　물을 던져 태우는 호마 의식 때 쓴다.
＊ 연등불燃燈佛 : 석가모니에게 미래에 성불할 것이라고 예언하였다는 부처.

113

몇 가지 이야기 — 짧은 시 다섯 수

— 이야기 1

꿈을 꾸었나요
여명이 물었다
꾸었어요, 꿈속에서 당신이 또 나가 버리더군요
밤이 대답했다

가느다란 빛줄기가 두텁고 무겁게
창틀 밖에서 눈을 떴다
하지만 그녀의 고통과 그의 근심은
여전히 어둔 밤의 잠 속에 묶여 있었다

— 이야기 2

검고 아득한 어젯밤에 그녀가 말 한마디를 내려놓고 나

갔다

　　그는 황급히 쫓아 나가

　　절룩거리는 두 발을 끌고서

　　차가운 골목들 여기저기를 돌아다녔다

　　찾아야 하는지 도망쳐야 하는지 잊고서

　　오늘 새벽이 되어서야 돌아와

　　음성사서함에서 죽음을 만났다

　　피를 본 것은 여전히 그 한마디였다

　　— 이야기 3

　　그녀를 벌처럼 물지언정

　　괴롭히고 싶진 않았다

　　그를 괴롭힐지언정

　　마른번개로 그치고 싶진 않았다

　　사랑을 측량하기 위해

　　그는 선택을 하고 가 버렸고, 그녀는 가지 않았다

두 곳을 사이에 두고 이때부터 두 사람은 잊지 못했다
무정한
하늘 저 끝을

— 이야기 4

마음이 마침내 가라앉은 것은
눈발이 흩날리기 시작했을 때였다

그녀는 이생에, 원망이 남지 않은 것이 확실했다
하지만 청춘의 후회와 고통은
천 갈래 만 갈래로 얽혔다

— 이야기 5

그는 변해서, 아주 작고 날개가 짧은
곤충이 되었다
마음 놓고 있다가 밀랍에 싸이고 말았다

목걸이에

묶이고 말았다

말 못할 아픔

문을 꼭 잠그면
밤은 더 깊어진다
피곤한 등이
쿨리처럼 빛나고 있다

눈꺼풀을 가볍게 닫으면
오로지 투명하여 마음에 닿는 눈물만이
가볍게 떨리면서
항상 뭔가를 말하려 한다……

---

* 쿨리 : 육체노동에 종사하는 하층의 중국인·인도인 노동자. 19세기에 아프리카·인
도·아시아의 식민지에서 혹사당하였다.

큰 이별

말 한마디를 절반밖에 하지 않았지만
불길한 예언이 될까 두려워, 혀끝에서 매듭지어 버린다
잠시 멍하니 있다가 금세 알아차린 그는
멍청하게 한 번 웃어 주고는, 멀리 문을 나선다
그림자 속의 그녀는 영원히 기억한다
원래는 작은 이별이었던 그날의 하늘빛을

병화 瓶花

너는 꽃을 갈지 않는 화병을 한 번도 본 적이 없다

꽃을 갈지 않는 병

병을 갈지 않는 꽃

남자가 왜 꽃이어야 하는지 생각해 본 적이 있다
왜 병에 꽂혀 공양을 받으면
하룻밤 사이에 생사의 분노가 생기는지를

불로 꽃술 아랫부분을 태우면, 쓸모가 있을까?
식초 몇 방울을 병 안에 공양하면, 쓸모가 있을까?
꽃피는 시기를 늘이는 것이, 남자들의 정신일까?

네가 병화를 주시하는 것은
병을 보는 것인가 꽃을 보는 것인가
꽃의 병인가 아니면 병의 꽃인가

* 병화瓶花 : 중국 민간 공예의 하나로 유리병 안에 꽃을 그린 것.

양귀비

어둔 밤중에   노래 한 가락 신음하고 있다
깨어 있던 사람은 미친 듯이 취하고   잠을 잃은 사람은
소란을 피운다
전율하는 여신은 천만 가닥의 미세한 혈관을 찔러
집으로 돌려보낸 편지가 전부 피에 젖게 만든다

어둔 밤중에   노래 한 가락 신음하고 있다
하늘에서는 빛을 발하는 눈물이 떨어지고
고생한 뱀은 여명 전에 채찍의 공격을 만난다
하지만 뱀은 독립되어 심연에서 산꼭대기의 바람을 막아
내고 있다
고개를 쳐들면   사람을 유혹하는 향기를 점처럼 찍어 놓
은 것 같다
죽지 않는 혼령들을 제거하면   또 누가
이 어둔 밤의 노랫소리와
화려한 빛깔의 아름다운 생각들을 알아들을 수 있을까

강풍 속에서 나는 한마음으로 염원한다

땅 위로 내려앉는 우산이

아직은 어둔 밤 끝없는 신음을 안아 줄 수 있기를

눈 덮인 땅에 쓰다

나의 전율은 북극광을 초월한다
설원에 구멍을 뚫어 굴을 만들고
놀라 당황한 눈길을 거둬들이듯이
캄캄한 밤에 나의 사랑을 파묻는다

나의 전율은 북극광을 초월한다
날이 밝으면 그대는 나를 보지 못한다
하지만 눈과 바람의 발걸음 소리 속에서
멀어져 가는 바스락 소리를 들을 것이다

정치 사건

흰 이빨   깡통 따개   톱니
병마개   횃불   어둠의 구역
가스총   진지   피

자고새가 쉴 새 없이 울어 댄다
봄빛은 혁명의 술이다
실행하지 못할 것 같아   형

제3장 / 떠돌거나 귀소하거나

아르바트 거리의 밤

그녀는 종달새 노랫소리 같은 몸매를 지니고 있다
꽃빛 폴라스웨터 위 머리는 온통 금발이다
남수정 같은 눈빛이 도톰한 두 볼을 모으고
눈처럼 흰 치아로 웃는 모습은
마치 호수와 같다

바이칼 호에서 온 그녀는 거리의 화가가 된다
아르바트 거리의 저녁
가로등 기둥 아래
남수정빛 눈에 비스듬히 빗줄기가 흩날리면
마치 무게가 없는 민들레가 솜처럼 부드럽게 거리의 바
람을 쫓는 것 같다

내가 그녀의 우산 속으로 걸어 들어가자 그녀는 내게 앉
으라고 말한다
나는 그녀의 반짝이는 눈빛으로 초상을 그리고

그녀는 표고버섯 같은 손가락으로

야윈 얼굴을 하나 그린다

피곤에 지친 낯선 얼굴이다

아르바트 거리의 밤에

낯선 사람이 낯선 도시에 머문다

이국의 눈빛이 이국의 거리를 떠돌고 있다

몽롱한 가운데 아르바트 거리의 그림엔 호수가 범람하고

무게가 없는 시간도 어지러워져

일순간 제 모습을 잃는다

---

* 아르바트 거리 : 모스크바에 있는 예술가들이 모여 살던 곳.

국제공항

사람들의 흐름이 끊이지 않는 출국장 한구석에서
나는 외롭게 서서, 말없이 생각에 잠긴다
애트우드Atwood가 『권력정치』라는 제목을 붙였던 시집
을 생각한다
세계 각지에서 오는 각기 다른 얼굴들이
베틀 북처럼 빈번하게 오가며 권력정치의 그물을 이룬다

내가 마중하려는 비행기는 이미 도착시간이 바뀌었고
내가 기다리는 그 사람은 아직 저 하늘 끝에 있다
눈이 흐려지면서, 저 멀리 또 다른 국제공항으로 가서
사람을 맞고, 마지막 여행객이
마지막으로 떠나기를 기다린다

---

* 애트우드Atwood : 1939년 캐나다 오타와에서 태어나서 21세 때 시집 『서클 게임』으
    로 등단했다. 수많은 소설과 시를 발표하여 20세기 캐나다를 대표
    하는 여류 작가로 추앙받고 있다.

고독한 사람

꽃을 심는 사람은 대지의 고독을 선택한다
낚시를 하는 사람은 바다의 고독을 선택한다
우편물을 모으는 사람은 하늘의 고독을 선택한다
고독한 사람이 세상을 창조하지만
누구도 그가 어떻게 고독한지 알지 못한다

별하늘은 영혼을 지키는 밤이슬을 위협하지 못한다
욕망은 신나게 노는 달빛을 구금하지 못한다
고독 때문에 그는 꿈속에서
아주 멀리 전화가 연결되는 것을 본다
그와 다른 자화상이 큰 소리로 말다툼을 벌인다

세상의 안 좋은 일들을 얘기할 때마다
전류가 흐르는 것 같은 희열이 있지만
누군가와 부딪치고 싶지도 않고
얘기를 나누고 싶지도 않다

난산의 아픔과 고통은 더더욱 말하고 싶지 않다

하늘에 닿는 탑을 쌓아 놓고
그는 미래로 현재를 측량한다
어린 시절의 말을 타고 다리를 지나고 성루를 지난다
하늘을 향해 긴 창을 휘두르며
세월의 꽃무늬 같은 커다란 지도를 출발한다

사랑하는 이의 젖 향기가 담긴 담요가 있고 사랑하는 이
의 눈물이 젖은 손수건이 있다
세상이 돌리기 싫어하는 거대한 축을
고독한 사람이 돌려
천 개의 인형들을 데리고 출발한다
"내게 이레의 시간을 준다면 신과 다른 방법으로……"
그가 신에게 말한다

도연명을 찾아서

전해지는 바에 의하면 그는 머리에 두건을 쓰고
손으로 뒷짐을 진 채 들판 숲을 지나갔다고 한다
어느 이웃집을 찾아갔는지 모르지만
긴 풀을 헤치고 뽕나무밭 삼밭을 지나갔다고 한다
개 짖는 소리와 닭 울음소리가 들리고, 느릅나무와 홰나
무, 복숭아와 오얏이 보였지만
허술하게 닫힌 그의 사립문은 찾지 못했다고 한다

나무하는 사람을 만나 물었더니
예전에, 그는 시상柴桑에 살았으나
큰불이 나 집을 태우고,
지금은 남촌南村으로 이사했다고 한다
고기 잡는 사람을 만나 물었더니
그는 술을 시서詩書에 감춰 두고
목숨을 금현琴弦에 넣어 두고서
평평한 호수에 일엽편주를 띄워

맑은 계곡으로 노 저어 갔다고 한다

전해지는 바에 의하면 그는 버드나무를 심고,
울타리를 가졌다고 한다
한때 관모를 쓰고 관포를 입었었다고 한다
술을 담그기 위해, 마음을 다해 찰벼를 심고
곡식이 익기를 기다렸지만,
높은 벼슬아치를 맞으려 허리를 굽히진 않았다고 한다
가을이 와 낙엽이 바람에 날려 집 계단 위로 떨어지면
그것이 그가 미처 말하지 못한 한 마디였다고 한다

이슬방울 묻은 국화를 따 먹고
고개를 들면 항상 보이는 남산을 바라보았다고 한다
가까이는 사람들 말소리, 멀리는 바람과 연기 소리
더 멀리는 살벌하게 솟구치는 전쟁의 소리가
은은하게 들렸다고 한다
황혼의 하늘에는 끝없이 붉은빛이 펼쳐져
사람들 마음의 구부러진 계곡을 비춰 주었다고 한다

전해지는 바에 의하면

꿈속에서 아무도 모르는 강을 보았다고 한다

사람의 흔적이 없고,
어디서 발원하는지도 알 수 없었다고 한다
아기 울음소리가 한 번도 없었던 곳 같았다고 한다
어쩌면 그가 한밤중에 서글픈 마음으로 배회하던 곳이었
는지도 모른다고 한다
천 겹의 산이 안개 속에서 빛을 발하고
만 그루의 나무에 복숭아꽃이 가득했다고 한다

눈을 들어 이름 없는 먼 곳을 바라본다
외로운 매 울음소리가 하늘을 울리고
노송 한 그루
그가 허리 숙여 밭 갈던 모습을 흉내 내고 있다
가난한 선비였고, 걸식한 적도 있지만,
결국은 지식인이었던 그
동란의 시대에 나는 그를 아나키스트
무정부주의자라고 부른다

에이, 현대에, 또 누가

그와 얘기를 나누며 그를 위해 잔을 기울일 수 있을까

어디 가서 물고기 잡는 무릉武陵 사람을 찾을 수 있을까

어디 가서 약초 캐는 유자기劉子驥를 찾을 수 있을까

태원太元 연간의 도원 마을은 이미 사라진지 천백 년인데

이 세상에 또 누가 나루를 물을까

＊ 시 전반에 도연명의 「도화원기桃花源記」 내용이 인용되고 있다. 전란 이후의 이상사회를 그린 이 산문에서는 한 어부가 우연히 도화원이라는 아름다운 땅을 발견하고는 그 안에 들어가 융숭한 대접을 받고 돌아와서는 외부 사람들에게 알리지 말라는 마을 사람들의 부탁을 저버리고 고을 태수에게 그런 사실을 알린다. 태수는 즉시 사람들을 보내 그곳을 찾아가려 했지만 실패하고 만다. 그 뒤로 그 누구도 그 길을 찾을 수 없었다. 남양南陽에 사는 유자기劉子驥라는 은자가 그 이야기를 듣고 그곳을 찾아가려 했지만 뜻을 이루지 못하고 병들어 죽고 만다.

조용히 귀 기울여 듣다

깊은 산속 넝쿨 사이에서 길을 잃었다
깊은 산이 아니라, 은하였다
바위 동굴의 푸른 이끼 사이에서 길을 잃었다
바위 동굴이 아니라, 해구海溝였다

숲속에서는 무슨 소리가 났던가
둥지 속에서 새알 껍질이 깨지는 소리였나
하늘에서는 무슨 소리가 났던가
버섯이 포자의 갓을 펴는 소리였나

솔방울은 곧 굴러떨어질 것 같고
꽃뱀은 곧 먼 곳으로 기어오를 것 같다
흰 매는 곧 눈에서 사라질 것 같고
번개는 곧 들이닥칠 것 같다

너의 살과 피부가 하늘 가득 가는 비를 들어 올리고 있다

떨어지는 머리칼이 바람의 말을 하는 것을 듣는다
바람이 어두운 샘의 말을 하는 것을 듣는다
어두운 샘이 고사리의 말을 하는 것을 듣는다

용암이 지구 중심에서 한 마디 또 한 마디
메아리를 쏟아 내고 있다, 솜털의 진동,
빛무리의 확충처럼, 날이 밝기 전에
새들은 끝없는 고요함 속에서 요란하게 재잘거린다

한 무리 또 한 무리 들소 떼가 산 계곡으로 몰려가
순록으로 변하는 것처럼, 여러 번 놀라서 내지른 소리가
등나무 넝쿨 사이를 뚫는다
푸른 이끼에 한 알 한 알 물방울이 맺힌다

가장 멀리 ─ 봄에게

너는 가장 먼 북쪽으로 가서
보이지 않는 선율을 찾는다
하늘은 극도로 낮고, 노랫소리 울려 퍼진다
몇 억만 리를 갔는지 모르지만
해의 가장자리, 달의 변두리까지 갔다
신의 법이기도 하고, 인간의 정이기도 하다

작은 배를 타지 않고 구름과 비를 탔다
가장 먼 서쪽에서
너는 붉은 구슬 과일을 찾고
제물로 바칠 정욕을 매만진다
대지는 완전히 벌거벗었고, 강줄기는 구불구불
유리琉璃의 공기를 선회한다

우연히 여우 얼굴을 한 천녀天女를 만났다
마음이 달처럼 부드럽고, 복숭아처럼 약골이다

향기로운 입술과 혀가 비와 이슬에 취한다

전기를 띤 하얀 손으로 등나무를 헤집어

목욕 중인 해가 금기를 뛰어넘어

화염이 이 바닥없는 계곡으로 떨어지게 한다

어둔 밤과 여명을 골똘히 생각해 본다

아, 너는 가장 먼 동쪽에 있어

천 마리 새들이 부르는 노래를 듣고

천 마리 물고기가 유영하는 춤을 본다

만 가지 바람으로 벼의 새싹을 흔들고

꿈의 절정을 흔든다

나중에 올 이청조에게

내가 살고 있는 이 건물은
하루 종일 바닥을 두드리며 수리를 한다
12월이 찾아온 이 건물은
산둥山東에 있지도 않고 광둥廣東에 있지도 않고
여행길 위에 있어
일찌감치 12세기에 작별을 고했다

조산의 고통이 있다고 조산을 한 것은 아니다
나노nano의 생각을 품고 있다고 나노인 것은 아니다
잠을 잘 때면 꿈에서 깨어 도달한 곳을 둘러보는 것 같다
소피아는 지혜이고 엘리자베스는 사랑인데
누가 나중에 올 그대, 이청조李淸照일 수 있을까

화이하이중로淮海中路 모퉁이엔 이생의 계절풍이 불고
마오밍남로茂名南路 오동나무는
여전히 지난해의 낙엽을 떨구는데

식지 않은 빵을 옆구리에 끼고 지하철역에서 나왔지만

상하이에 있는 그대 시詩의 정원을 벗어나지 못하고

눈을 들자 올해의 겨울이 질풍처럼 강림한다

나의 미각은 그대의 시편에 꽁꽁 묶여 있어

아주 냉정한 순치음이 혀끝에 머물러 있다

그대 이후로 천년이 지났으니

나는 그저 세상 끝나는 날의 종자은행을 지어

천년 후의 정자를 저축해 놓고 기다릴 뿐이다

누군가 이 현대의 얼음층을 평평하게 캐내

이 순간 내가 손으로 쓰는 시의 행간에서

한 송이 한 송이 버섯 같은 용암과

한 알 한 알 금단의 환약 같은 우수憂愁를 발견할 것을
미리 안다면

시의 알 하나하나가 바로 나의 이청조일 것이다

---

* 이청조李淸照 : 중국 남송 시기의 유명 여류 시인.

* 이 시는 시인이 상하이에 있는 계절풍서점에서 책 구경을 하다가 이청조의 시집을 읽
  으며 영감을 얻어 쓴 작품이다.

등불 아래서 연필을 깎다

등불 아래서 연필을 깎는다
대낮에 자세히 말하기 불편했던 얼마나 많은 일들이
가슴 바닥에 감춰져 있다가
이제야 한 조각 한 조각 깎여 나가는 것일까

흐릿한 불빛이 두 눈을 뚫고 들어오면
사실 말을 해도 아무도 알아듣지 못한다
감춰진 한이 깊은 만큼 칼도 더 깊이 들어간다
그림자는 머리를 숙이고 더 이상 얘기하려 하지 않는다

어떻게 해야 가면을 벗어 놓고
허위의 낯가죽을 깎아 버릴 수 있을까
언제나 마음을 꺼내 놓고
누군가에게 자신의 청명함을 드러낼 수 있을까

강호江湖는 마주하지 않을 수 없고

동시에 열악한 기후도 필수적이다

등불 아래서 연필을 깎다 보면

저절로 나아가야 할 넓은 땅이 펼쳐지지만

마음속의 영토에서만 그 땅을 점령할 수 있을 뿐이다

때로는 떠나는 일을 피할 수 없고

한 번에 한 획씩 원칙에 구속되어 있어

열심히 글을 쓰긴 하지만 여전히

이름과 나이, 경력 등을 쓰는 것은 좋아하지 않는다

이해의 마음을 구하려면

눈 내리는 밤에 흩날리는 눈꽃을 맞듯이

먼저 무릎을 꿇어야 하리라

그런 다음에야, 연필은 천만 쌍의 빛나는 눈동자 속에서

새벽빛 같은 정신으로 일어설 수 있으리라

구랑위 일기

흐린 날씨에 하늘은 더 차가운 건가
산은 확실히 멀고, 구름은 확실히 낮은 건가
언제부터 여기서 기다리기 시작했는지
아무도 모른다
이 세상에 이것 말고는 다른 이야기가 없다

그대가 어느 섬에 있는지 아무도 알지 못하지만
나는 그대가 내 마음속 구랑위에 산다는 것을 안다
우리 둘 사이를
투명한 유리 한 겹이 막고 있다는 걸 아무도 모른다
그렇게 얇고 날카로운 관계를 아무도 모른다

배들이 쉴 새 없이 오가면서
동체가 기억 속에서 전복된다
바다의 허리선은 그대이고
잠복한 파도는 내 가슴이라

소리 없이 물고기들의 언어를 토해 내고 있다

바람은 또 다른 아주 먼 곳을 향해 불어 가고
그대는 내 가슴속 구랑위에 머문다
배는 왔다가 또 가지만
언제나 다시 만날 수 있을지 알지 못한다
바닷물만 삼천 리 사랑의 유리를 때린다

2011년 1월 27일 샤먼廈門에서

---

* 구랑위鼓浪嶼 : 중국 샤먼 남부에 있는 작고 아름다운 섬으로 한때 독일의 조계지였다.

굴에게 쓰는 연애편지

옥처럼 희고 청량한 나체
우리는 석회 껍데기 속에 웅크리고 산다
미친 듯이 용솟음치는 조수가 왼쪽에 있으면
들개들이 하늘가의 붉은 뱀을 쫓아가
황혼과 밤을 불러온다

우리는 같은 배 안에 웅크리고 산다
앉거나 눕거나 비스듬히 기대어
미친 이야기에 의지해 산다
몸을 조금 움직이면, 우르릉 쾅 뇌우가 치고
몸을 비비면, 선창에 비가 내린다
미친 듯이 용솟음치는 조수가 오른쪽에 있으면
들개들이 꼬리를 들고 달을 바라본다
우앙, 왕 ——
촉촉하게 미끄러지는 뱀은
마음 깊은 곳에 밤의 똬리를 튼다

아무도 머물지 않는 협만峽灣

이곳은, 어둠과 우울이 서로 목을 비비고 기대는 곳이라

달도 빛의 옷을 벗고

유성은 씨앗을 하나하나 바다에 뿌린다

바다가 한 송이 한 송이 자주붓꽃을 주워 달에게 준다

조수가 해안 제방 위로 가득 들이차지만 나는

산언덕을 주시하고 있다

조수가 해안 제방 위로 가득 들어차지만 너는

하늘을 외쳐 부르고 있다

우리는 함께 몸을 웅크리고 있다

똑같은 모터가 돌아갈 때

들개들은 태곳적 인이 함유된 동혈 속에서 요란하게 짖어 댄다

나는 천년을 기다려도 좋다

지금은 과실 나중에는 술로 변할까

지금은 알몸 나중에는 수수께끼가 될까

지금은 풍만한 가슴 나중에는 누구의 보모가 될까

지금은 정결한 족쇄 나중에는 누구의 밤꾀꼬리가 될까

누군가는 따개비를 택하고
누군가는 흐릿한 안개를 택한다
조수는 마침내 제방을 터뜨리고
옥처럼 청량하고 하얀 나체는
목구멍 깊숙한 곳으로 미끄러져 들어간다
귀숙이다

다아오

파도가 인체의 적도 안으로 격하게 밀려오면
땀은 스스로 땀을 말린다
가운데가 햇무리 같은 수상가옥은 수면 아래 있는 듯
하늘빛이 둥둥 떠서 흔들린다

조수는 저녁놀을 따라 물러가고
금사초金絲草의 비밀 장소에서
갯벌 꽃게들이 기어 나오면
가벼운 돛단배 하나 하늘가로 숨어든다

공중에는 온갖 소리들이 가득하다
바람과 소라의 영지에서
너의 이마는 높고 둥글고 결백하여
내 이름 없는 눈을 녹인다

먼 바다가 높아졌다 낮아지기를 반복하니

파도의 흐름이 헤집고 들어갈 틈이 없다
평평하고 매끄러운 등살이
내 마음의 깃발을 높이 흔들지만
나는 이미 세 번째 좁은 길에서 방향을 잃은 것 같다

철썩 솨아 파도 소리를 듣는다
쩝쩝 휠휠 솨솨
내가 누군지 누가 알까
내가 이미 너의 온도를 잃어버렸다는 것을
누가 알까

시간의 한가운데서 전심전력으로 질주한다
보이지 않는 돌출된 암초 위에서
나는 인류가 밟았던 흔적을 밟고 지나간다
바다는 너와 나의 세월을
누더기가 된 가사인 듯 감춰 버린다

마침내 내가 그리워하는 사람이 떠나려 하는 걸
누가 알까
이 순간 헤어지고 나면 어디에 가서 널 찾아야 할까

하지만 바람과 소라의 영지에서

나는 어쩔 수 없이 떠나야 한다

천만 개의 내가 다시 올 때 전율할 수 있도록

---

* 금사초金絲草 : 벼과에 속하는 다년생 풀로, 중국 남부지방의 강가에 광범위하게 서식
  한다.
* 다아오大澳 : 홍콩 신계新界에 자리잡고 있는 작은 어촌으로 아직 수상가옥들이 남아
  있다.

병중

너는 생활의 땅을 떠나

여행길에 있다, 하지만 바이러스는 한순간도

너의 몸을 떠나지 않는다

거대한 바다의 또 다른 한쪽에는

신선한 공기를 찾기 위해

낮과 밤이 만류하고 있다

기침소리가 들릴 때마다

하얀 새들이 날아오른다

도로의 호흡도 없고

낙엽이 밟는 발걸음도 없다

햇빛의 맛봉오리도 없고

별하늘의 반짝이는 담론도 없다

내가 갈마들 수 있는 곳은 어디인가

모든 방향이 점선이고
길 가는 사람들의 눈길이 모이는 도시는
이미 허자虛字로
축약되어 있다

너는 거리의 인파에 밀리고
허무한 사람들의 담장에 갇혀
심장의 연결 같은 호흡마저
어쩌다 막혀
유일한 통로를 잃어버렸다

길을 가는 너는
직조의 변두리에서 실이 빠져나온 천
몸의 기능이 마비된 개미
잔뜩 부풀어, 터지기 직전의
풍선 같다

길가의 나무 그림자는
완전히 조용하게 움직임을 멈추고 있어
밤이 막을 내릴 때면

소리는 떠들썩한 바이러스에 절취당하고
홀로 남은 바람은, 목구멍으로 빨려 들어와
늘어진 실처럼
한 타래 한 타래 나부낀다

막을 수 없는 백조白鳥의 정보도
처음 시작된 바이러스에게 약탈당해
기형의 어의語義로 변해
너와의 대화를 시도한다

막을 수 없는 기침은
결국 히스테리즘을 형성하여
네가 거부하는 두 알의 환약을 압박하면서
환약과 수화를 주고받는다

아주 먼 옛날부터 존재해 온 바이러스는
여행길로 인해 더욱 존재를 강화하면서
너를 병들게 하고, 이 순간
어둔 밤이 하얀 해를 붙잡지 못하여
외로운 성에

홀로 서 있다

거대한 바다로 막혀 있는 또 다른 한쪽에서
도시는 몸 안으로 걸어 들어가고
몸은 바이러스 안으로 걸어 들어가고
바이러스는, 한 그루 그리움의
나무로 자란다

* 허자虛字 : 한자에서 특별한 의미 없이 접속사나 조사, 감탄사 등으로만 쓰이는 글자.

시간 속 여행

1

죽마고우인 여자아이와 손을 잡고 산보하다가
멀리 날아간 연이 저 멀리
전깃줄에 걸리는 재난을 목격한다
구름을 뚫고 나온 화살촉이
고향을 바라보며 눈물 흘리는 학을 쫓아낸다

2

사방을 둘러봐도 도처에 채우지 못하는 빈칸이다
중년의 어지러운 꿈은 종이 울리기 직전의 시험장처럼
어수선하다
서산으로 진 해는, 잃어버린 색깔을 찾으러 가고
홰나무 잎이 그를 따라 깊은 생각에 잠긴다

3

옅은 색으로 연지를 칠한 입술들이
별빛에 젖어 반짝인다
풍만한 육체들은 그저 뜨겁게 데운 술일 뿐이다
등불 심지는 세 치 네 치 타들어 가고
그는 십 리 밤길을 걸어서야
배 뒤집힌 바다에서 돌아온다

별들의 바다

오십 센티미터 뒤로 물러선 수평선이
하늘의 별들에게 놀 수 있는 커다란 공간을 남겨 준다
하늘빛이 아직 완전히 사라지지 않고
신령들이 깊은 바다로 돌아가기 전에

한 사내가 모래성 앞을 오가며 펄쩍펄쩍 뛴다
몸의 오려진 그림자가 조각난 먹 같다
한 여자가 훤히 다 보이는 가슴을 드러내고서, 저 멀리
매미들의 대합창을 지휘한다
파도 속으로 뛰어든 사람들은, 물과 실랑이하는 쾌감을
얼마나 잘 즐기는 사람들인가

유독 그대만, 아무도 없는 모래밭에 누워
지난해 가을밤 눈동자 속에서 반짝이던 별을 바라본다
푸른 망고를 태우고 있다 붉은빛을 끌고 있다
한 무리 벌새가 황금빛 씨앗을 물고 와

싹이 트고, 폭발하는 것 같다

마지막에는 전부 불꽃을 토한다

겨울 바닷가

모래밭이 텅 비어 있다
나 말고는
파도 물보라 속의 작은 암초들뿐
암초들 말고는
반복적으로 밀려오면서 뭍에 오르려는 바닷물뿐
바닷물 말고는
때로는 가볍게 불어왔다가 때로는 거세게 몰아치는
바람뿐이다

맑은 아침의 빛이 천천히 나를 향해 움직이지만
겨울 추위가 물결처럼 가득하다
모래와 물이 만나는 곳에
누군가 점령의 대나무 장대를 꽂아 놓았다
짙은 색깔의 삼색기가
추모의 분위기를 더해 준다

판다누스 나무와 바둑판, 목마황木麻黃이, 밤이 되면

별빛을 받으며 바다가 보낸 간첩들과 함께

날이 밝기를 기다리고, 조수가 차오르면

암초들은 물밑으로 가라앉는다

모래밭 위를 이동하는 희미한 그림자들은

어렴풋한 발자국만 남기고

성지가 함락된 것처럼

여기서는, 나를 빼고는

아무것도 남기지 못한다

고향의 음산한 추위
– 타이중臺中 징허靜和 정신병원을 방문하여

시간은 잠들어 있고, 생명은 누워 있다
모든 기억이 문밖에 막혀 거부당하고 있다
문 안은 온통 망연자실이다
당신들은 누구인가

웃는 표정은 싼값으로 철창 밖의 햇빛에 팔아 버리고
눈빛은 죽은 물의 금붕어 어항 안에서 길러지고 있다
당신들은, 색깔이 이미 다 바래,
북소리만 놀라 미친 듯이 울어 대는
한 무리의 피곤한 육체들이다

손을 치켜들면 잎사귀가 말라 떨어져 내리는 것 같고
한데 묶인 두 다리는 말라 죽은 나뭇가지 같다
당신들은 자신의 피로 흰개미를 키우고
자신들의 몸으로 강시僵屍를 빚는다

이곳은 당신들의
고향이다
당신들은 고향의
음산한 추위다

뱀의 허물

누군가 내가
들을 수 없는 곳에서
나를 부르고 있다
볼 수 없는 곳에서
반짝이고 있다
담장 밖은
망설이는 바람
담장 안은
무화과의 푸른빛이라

내게
가장 아름다운
주름으로
한 칸 한 칸 투명한
벌집을 보여주면서
부끄럽다고 말한다

아픔도

꿀이라고

완전하지 않은 단절

역시 꿀이라고 말한다

자단 향기가

작은 산 구릉에

매복하고 있고

누군가

껍질을 벗고 있다고 말한다

뱀이

동굴 입구에 있어

가벼운 바람이 불 때마다

냄새가 난다고는

말하지 않는다

자잘한 삶의 아픔들을

나는 잘 알고 있어

한 마디 한 마디 벗겨 낸다

누군가는

핏빛을 숙성시켜

어둔 밤에

한 가닥 부끄러운 푸른빛으로

반짝인다

시가 먼저인가, 시인이 먼저인가?

　시인의 삶과 존재는 어떤 의미를 갖는 걸까? 시인은 무
엇을 추구하면서 사는 사람들일까? 일찍이 플라톤은 시인
을 국가의 구성에서 가장 불필요하고 무가치한 집단으로
규정하면서 방축의 대상으로 지목하기도 했다. 반면에 고
대 중국에서는 시인이 가장 높은 수준의 인간형으로 인정
되었으며, 유명한 시인이 되는 것이 국가의 관료가 되는
지름길로 작용하기도 했다. 타이완의 유명 시인 야쉬안은
"서양의 시학에서는 시 자체를 중시하여 시가 지니고 있는
음운과 격조, 체제, 이미지 등을 잘 경영할 수 있어야만 훌

류한 시인으로 평가하면서 진실한 감정을 토해 내는 서정과 상상력에 기초한 서사는 시인의 책무가 아니라고 말한다."라고 하여 시의 감상과 비평의 방향과 초점이 시인의 삶과 존재가 배제된 시 자체만을 향하고 있는 현실을 비판하기도 했다. 이런 지적은 시와 시인이 분리되어 인식될 때의 위험성을 말하는 것이기도 하다.

시는 시인의 삶의 총화이자 그의 사유와 경험의 정수다. 수십 년 동안 시를 읽으면서 내가 확고하게 깨달은 한 가지 원칙은 시인이 시에 선행한다는 것이다. 시인의 시적인 삶이 없이는 시가 존재할 수 없다. 시인의 삶과 사유가 선행되지 않는, 언어의 아름다운 유희로서의 시는 금세 초라한 바닥을 드러내게 된다. 그 감동 또한 말초적이고 즉흥적인 수준을 벗어나지 못한다. 요컨대 시인이 먼저다. 시는 시인의 삶과 사유에서 나온다. 그리고 양자는 반드시 일치해야 한다. 시가 시인을 정확히 대변하지 못할 때, 시는 허위로 변질된다. 하이데거는 "시는 가슴으로 쓰는 것도 아니고 머리로 쓰는 것도 아니다. 시는 온몸으로 쓰는 것이다. 정확히 말하자면 온몸으로 동시에 쓰는 것이다."라고 말했다. 시는 시인의 삶과 존재에 축적된 지혜와 경험, 미학적 에너지를 응축시켜 한순간에 몸부림치듯 토해 내는 생명의

즙액이라는 뜻이다. 그렇다면 시의 열독도 읽는 독자들 자신의 삶과 존재를 집중하여 깊이 몰입하는 방식으로 이루어져야 하지 않을까? 사물과 그림자의 관계처럼 시의 이면에서 사라지지 않는 시인의 모습을 찾아야 하지 않을까?

이 시집의 기획과 번역, 출판의 과정은 아주 길다. 천이즈의 시를 처음 접한 것은 완전한 독자의 신분에서였다. 타이베이를 찾을 때마다 서점 순례를 하면서 산 것과 서로 알게 된 다음부터 시인이 직접 사인해서 준 것을 포함하여 모두 여덟 권의 시집을 음미하여 읽었다. 그 과정에서 점차 그의 시가 보여 주는 삶의 풍경과 상상에 빠져들게 되었고, 시의 이면에 어른거리는 시인의 모습을 상상하고 흠모하게 되었다. 그리고 마침내 그를 만나 시와 시의 전제인 삶의 이야기를 나누게 되었다. 이렇게 나름대로 이해하고 감동한 작품들이 바로 이 시집의 내용물이다. 모든 번역은 텍스트의 이해로 시작된다. 역자가 이해하지 못하는 텍스트를 출발어와 도착어의 어의적 일치라는 도식 안에서 기계적으로 번역할 경우 시집은 너무나 쉽게 '시의 무덤'이 되고 만다. 실제로 그렇게 번역되어 독자들의 시심을 흐리는 번역시들을 나는 무수히 보아 왔다.

이 시집에 담긴 시들은 내가 읽은 천이즈 시인의 여덟 권의 시집에 담긴 수백 편의 작품 가운데 기본적으로 내 개인적 심미와 이해를 만족시키고 감동을 준 것들이다. 이런 선택이 역자의 횡포가 아니냐고 항의한다면 겸허하게 인정하는 수밖에 없다. 굳이 항변을 한다면 이미 여덟 권의 번역 시집을 출간했고 2500편에 가까운 중국어 시를 번역, 소개한 경력을 믿어 달라고 우기는 것밖에 없을 것이다.

이 시집에 수록된 시들은 역자가 인식한 주제에 따라 크게 세 카테고리로 나뉜다. 첫 번째는 단연 인간의 영원한 희열과 고뇌의 근원인 사랑이다. 서른 편에 달하는 시들이 제각기 사랑과 연애에 대한 다양한 상상을 반영하고 있다. 사랑의 본질을 얘기하는 시도 있고 사랑의 방식과 후과를 얘기하는 시도 있다. 그 사이사이에 서정과 서사가 착종하고 있다. 예컨대 방비할 틈도 없이 떠나 버린 사랑에게서 시인은 갑자기 많은 것이 사라진 상실감을 느낀다. 그녀는 떠나가면서 입술의 온도, 가슴의 크기를 주지 않았고 진실의 골격을 주지 않았다. 그리고 가장 중요한 것이지만 한마디 말할 시간을 주지 않았다. 소통의 부재가 만든 사랑의 상실이요 상처다. 사랑이 왔다가 사라지는 원인과 방식, 그리고 그 결과는 너무나 다양하지만 천이즈 시인의 시에 담긴 사랑의 상상은 우리 모두의 가슴을 적실 수 있는 보편타

당한 근거를 지니고 있다.

두 번째는 '나이를 먹는다는 것'이라는 이름으로 무수한 타자들과의 관계 속에서의 개인의 모습을 묘사하는 작품들로 채워진다. 우리는 누구나 가족이라는 작은 울타리에서부터 사회화를 시작하여 학교와 지역사회, 국가, 그리고 세계에 이르는 점진적인 울타리의 확대 과정을 거친다. 이는 나이를 먹는 과정이자 현실의 압박으로 인해 점차 꿈을 잃어가는 과정이다. 하지만 이는 동시에 개인의 수양과 성숙, 그리고 그에 따른 사회적 통찰과 인생의 깨달음이 깊어지는 과정이기도 하다. 이 과정에서 우리는 무수한 타자他者들을 만난다. 이 타자들과의 관계 속에서 느끼게 되는 갖가지 욕망과 좌절, 희망과 절망, 그리고 그 모든 틈새에 깃들어 있는 다양한 장력tension들을 시인은 군인이자 대륙에서 내려온 외성인인 아버지의 이력에서 시작하여 가족의 역사로 풀어낸다. 그 사이에 개인과 사회, 혁명과 반혁명, 자연과 인위에 대한 다양한 사유와 통찰이 풍경으로 펼쳐진다.

세 번째는 노마디즘으로 요약할 수 있을 것이다. 우리는 평생 쉴 새 없이 짐을 싸고 푼다. 아침 일찍 짐을 싸서 학교나 직장으로 가서는 집이나 고향이라는 보금자리와는 다른 환경에서 자기 존재를 실현하다가 해가 지면 다시 돌아온다. 때로는 몇 달, 몇 년을 특이한 유형의 노마드로 떠돌기도 하고, 심지어 평생을 노마드로 살아가기도 한다. 결국 우리 삶은 귀숙하거나 떠돌고 있는 상태라고 정의할 수 있다. 떠도는 사람들의 자유와 불안, 귀숙하는 사람들의 안도와 허무가 시인의 상상력을 통해 다양한 온도와 위도緯度로 우리 앞에 펼쳐진다. 떠도는 것도 우리 삶의 본질이고 귀숙하는 것도 우리의 영원한 목적이다. 떠도는 것도 필요하고 귀숙하는 것도 필요한 양가성兩價性의 삶이 바로 우리 인생인지도 모른다.

이 시집을 읽은 모든 독자들이 아름다운 섬 타이완에서 중년을 지나 이제 초로의 삶으로 접어들고 있는 한 소박한 시인의 삶과 역사를 체온처럼 느끼고 만날 수 있기를 기대한다.

김태성

천이즈 시 선집

옷 안에 사는 여자

초판 1쇄 발행 | 2016년 11월 3일

지은이 | 천이즈
옮긴이 | 김태성
발행인 | 김태진, 승영란
편집주간 | 김태정
마케팅 | 함송이
경영지원 | 이보혜
디자인 | 여상우
출력 인쇄 | 애드플러스
펴낸 곳 | 에디터
주소) 서울특별시 마포구 마포대로 14가길 6 정화빌딩 3층
전화) 02-753-2700, 2778 팩스) 02-753-2779
출판등록 | 1991년 6월 18일 제313-1991-74호

값 10,000원
ISBN 978-89-6744-170-8 03820

ⓒ 2016, 陳義芝